KB274629

일진광풍
Blast

김인환 퓨전 판타지 소설
FANTASY EXCITING STYLE

일진광풍 7

김인환 퓨전 판타지 소설

초판 1쇄 찍은 날 § 2010년 3월 26일
초판 1쇄 펴낸 날 § 2010년 4월 1일

지은이 § 김인환
펴낸이 § 서경석

편집장 § 문혜영
편집 § 서지현

펴낸곳 § 도서출판 청어람
등록번호 § 제1081-1-89호
등록일자 § 1999. 5. 31
어람번호 § 제1-1133호

주소 § 경기도 부천시 원미구 심곡2동 163-2 서경B/D 3F (우) 420-822
전화 § 032-656-4452 팩스 § 032-656-4453
http://www.chungeoram.com
E-mail § chungeoram@chungeoram.com

ⓒ 김인환, 2007

ISBN 978-89-251-2134-5 04810
ISBN 978-89-251-1046-2 (세트)

Blast

An explosion, or the strong shock-waves spreading out from it, a strong sudden stream or gust (of air or wind, etc), a sudden loud sound of a trumpet or car horn, etc, a sudden and violent outburst of anger or criticism.

colloq, chiefly & originally US a highly enjoyable or exciting event, occasion or activity, especially a party. verb (blasted, blasting) to blow up (a tunnel or rock, etc) with explosives. tr & intr (especially blast out) to make or cause to make a loud or harsh sound Rock music blasted from the room.

to destroy or damage something severely and beyond repair BLAST one's hopes. to criticize severely, or to rage or curse at something or someone. to wither or cause something to shrivel up.
exclamation (also blast it!) colloq expressing annoyance or exasperation, etc blaster noun a person or thing that blasts. golf a sand-wedge.

7

[완결]

일진광풍

김인환 퓨전 판타지 소설

FANTASY EXCITING STYLE

BLUE BOOK
도서출판 청어람

BLAST

CONTENTS

CHAPTER 1
대륙 전쟁

BLAST

　　　　　보수해 놨던 대공 저택 곳곳이 지진의 여파로 무너져 있었다. 피해를 입은 건 영지민들의 마을도 마찬가지라 상당수의 가옥이 금이 가고 무너져 내려서 모두가 혼란에 빠져 있었다.

　워낙 강력한 지진이었으니 피해가 클 수밖에 없었다. 영주 되는 입장으로서 카이스의 기분도 좋지 못했다.

　"지독하군……."

　물적인 피해뿐만 아니라 인명피해도 상당한 모양이었다. 과거 삼황의 혈족들이 습격해 왔을 때에 비할 정도는 아니지만, 그로부터 반년도 지나지 않은 시기에 다시금 일어난 참사에 영지민들의 표정은 더욱 어두웠다. 참 힘겨운 겨울이었다.

"피해 상황을 조사해서 보고해 줘, 부상자 치료와 복구에 모든 힘을 다 쏟도록 하고."

지시를 내린 카이스는 다시 북쪽 하늘을 바라보았다. 지진의 진원지인 샤미트 산맥을 뒤덮고 있는 검은 연기는 아직도 가시지 않았다. 그곳으로부터 상당히 떨어져 있는 카일 공국에도 이 정도로 강력한 지진이 일어났다면, 진원지에서 가까운 리오즈 왕국이나 라이덴 제국의 피해는 상상을 초월할 게 분명했다.

"그건 그렇고… 그건 뭐였을까?"

돌연 하늘로부터 떨어진 붉은빛은 상상을 초월한 양의 마나가 응집된 파괴 에너지였다. 드래곤 브레스따윈 거기에 비하면 애들 장난이었다. 에리온을 날려 버리고 대륙 전체에 대지진을 일으킬 정도였으니 그 위력은 상상을 초월한다고밖에 할 말이 없다. 전설로만 내려오는 거대 유성 충격 마법이라고 해도 이 정도로 강력할까 의문이다.

"에리온에게 내리는 신벌일 거야, 분명히……."

카이스는 그렇게 중얼거리곤 저택 안으로 들어갔다.

카이스가 피해 상황을 확인하고 조치하는 반나절 동안 바라드는 조엘의 치료에 매달려 있었다. 자신이 할 수 있는 모든 것을 마친 바라드는 이마의 땀을 닦아내며 등 뒤에서 숨을 죽이고 있는 이들에게 말했다.

"우려했던 것보다 상태는 좋아. 가능한 수준에서 치료를 마쳤으니까 생명에 지장은 없겠지. 아마 얼마 지나지 않아서 정신을 차릴 게다."

희소식이었다. 모두 기뻐하는데 바라드가 찬물을 끼얹었다. 이제부턴 나쁜 소식인 모양이었다.

"하지만! 어디까지나 우려했던 수준보다 낫다는 거다. 몸속 마나가 흐르는 통로의 상당수가 막히거나 뒤틀리는 등… 손상이 크다. 어중간한 수준이면 내가 치료할 수 있겠지만, 치료도, 회복도 기대하기 힘들겠어. 이대로는 두 번 다시 전투할 수 있을 정도로 마나를 사용하지 못할 테지."

무공을 완전히 잃진 않았지만 전투는 불가능하다니. 우려하고 있었던 점이긴 했지만 실제 듣고 보니 가슴이 무너졌다. 조엘은 본래 카일 기사단 전력의 반 이상을 차지하고 있었다. 카이스로선 아직 조엘의 자리를 메울 수 없었다.

"…아저씨, 무슨 방법이 없나요?"

카이스가 걱정스럽게 물었다. 바라드도 안타까운지 답답한 얼굴로 한숨을 쉬다가 대답했다.

"나도 방법을 생각해 보지 않았겠느냐? 조엘을 어릴 때부터 보아온 나인데……. 희망을 찾아보자면 역시 하나뿐이지."

“어떻게요?”

“엘릭서를 쓰면 된다, 시간이 걸리겠지만.”

카이스를 제외한 이들의 얼굴이 밝아졌다. 곧바로 바라드가 20년이라는 구체적인 시일을 말해 버려서 조금 어두워지긴 했지만 그래도 기쁨이 가시지는 않았다. 영영 무공을 회복하지 못하는 것보단 20년이라는 세월 이후에라도 가능하다는 게 몇백 배는 좋은 소식이니까.

“아무튼 이제 할 수 있는 건 다 했고… 아무도 날 말릴 수 없어. 나는 한숨 자련다.”

바라드는 말이 끝나기 무섭게 자러 가버렸다. 레어의 위치를 잡고 트랩을 제거하기 시작한 때부터 계산하면 4일을 한숨도 자지 못했다. 그 상태에서 에리온과의 전투도 겪었으니 180세가 넘는 그의 나이를 생각하면 보통 무리를 한 게 아닐 것이다. 물론 잠을 자지 못한 것은 다른 사람도 마찬가지였다.

“자, 그러면… 우리도 한숨 자고 난 다음에 생각하자.”

긴장이 풀린 그들은 흐느적거리며 각기 침대에 틀어박혔다.

조엘 구출에 투입된 인원들은 연달아 이틀을 잤다. 누가 업어 가도 모를 정도로 푹 자고 난 뒤, 세텔은 카이스에게 이제 교육원으로 돌아가 봐야겠다고 말했다. 벨크레아 교육원의

학장으로서 지진에 교육원이 입었을 피해를 걱정하였기 때문
이다.

"형이 더 도와주지 못해 미안하구나. 교육원의 일을 정리
하면 다시 도우러 오마."

세텔이 있으면 행정적으로나 그밖의 다방면으로 공국 운
영에 도움이 될 것이다. 하지만 그도 맡은 일이 있지 않은가.

"형님도 할 일이 있으시니까 너무 신경 쓰지 마세요."

그래도 떠나는 길에 끝까지 다시 도우러 오겠다고 말하는
걸 보면, 여태까지 카이스를 곁에서 도와주지 못했던 점을 세
텔도 꽤 신경 쓰고 있었던 모양이다.

"바라드 아저씨, 부탁드릴게요."

배달꾼처럼 부려먹는다면서 바라드는 잠시 궁시렁거리긴
하였지만 손수 세텔을 벨크레아로 공간 이동시켜 줬다.

그날 밤, 조엘이 의식을 차렸다. 모두 우르르 몰려가서 아
직 정신이 완전히 들지 않은 조엘을 둘러쌌고, 조엘이 얼굴을
알아보자 매우 기뻐하며 서로 얼싸안았다.

"카이스 도련님도… 무사하셨군요."

"덕분에요."

"그런데… 제가 어떻게 공국에 돌아와 있는 것이죠? 그때
오황과 에리온과의 싸움은 어떻게 되었던 겁니까?"

조엘은 무극현천강을 무리하게 구사한 시기부터 이 순간
까지를 명확하게 기억하지 못하고 있었다. 당사자가 그렇게

물어오니 당황스럽긴 했지만, 죽을 고비를 넘기며 무리한 기술을 구사했던 탓이리라.

바라드는 모두에게 들려줬던 당시의 상황을 당사자에게 다시 한 번 설명해 주었다. 조엘이 에리온의 브레스를 뚫고 공격을 성공한 것과 오황을 해치운 것, 마지막으로 차원의 구멍을 통해서 에리온과 함께 휩쓸려 들어간 데 대한 이야기였다.

"으음……."

끝까지 이야기를 들은 조엘은 관자놀이를 누르며 혼란스러운 기억을 짜 맞춰보려고 하였다. 하지만 무극현천강을 사용한 직후부터 급속도로 기억은 희미하고 단편적으로 변하기 시작하여 에리온에게 한 방을 먹였던 것 이후는 뒤죽박죽이었다. 자신이 오황을 해치웠다는 것은 물론이요, 에리온의 레어에 감금되어 있었다는 점은 아예 기억도 나지 않았다.

분명 설명은 상세하고 단편적인 기억들에 부합되는 점이 있었다. 그러나 왠지 모르게 이상하다는 느낌, 괴리감이 사라지지 않았다. 분명 조엘은 바라드가 말하지 않은 다른 무언가를 보았다. 그것을 떠올려야 하지만 그러지 못하는 답답함이 가슴속에서 사라지지 않았다.

'이상할 이유가 없는데… 왜 이렇게 불안한 것이지?

상황으로 보면 이상하게 생각할 이유가 없었다. 오히려 바라 마지않던 결말이다. 그는 목숨을 버릴 각오를 하였었다. 목숨을 건지고 카이스를 무사히 대피시키는 데 성공한데다가 그 과정에서 오황까지 해치울 수 있었다면 더 이상 바랄 게 없다. 그러한 사실이 석연치 않을 이유가 전혀 없었다.

하지만 그에 대해서 떠올려 보려고 하면 지독한 두통이 닥쳐왔다. 그는 결국 무극현천강을 무리해서 사용한 부작용이려니 생각하며 고개를 저었다.

조엘은 주변 사람들을 둘러보다가 물었다.

"단원이 왜 여섯 명밖에 없지? 이후 무슨 일이 있었기에?"

"그건 내가 말해주겠수. 그동안 많은 일이 있었수다. 드래곤을 두 마리나 사냥했다니까."

시노크가 차근차근 조엘이 행방불명이었던 동안 벌어진 이야기를 들려줬다. 삼황의 습격으로 단원의 반이 사망했다는 대목에서 조엘의 표정은 싸늘하게 식었지만, 그다음 부분부터는 고개를 끄덕이며 뒤늦게나마 사태를 이해하고 받아들이려 노력하였다.

이야기를 끝까지 들은 조엘은 가까이에 있는 카이스를 바라보며 그 손을 쥐었다.

"카이스 도련님, 전에 뵈었을 때보다 더욱 늠름해지셨군요. 카일님도 자랑스러워하실 겁니다. 그간 심려를 끼쳐 드려서 죄송합니다."

조엘의 눈에는 눈물이 그렁그렁했다. 언제나 강인한 힘으

로 대륙에 우뚝 서 있던 그답지 못한 모습이지만, 그만큼 그
는 카이스를 걱정하고 신경 쓰고 있었던 것이리라.

　바라드는 며칠 전의 그 빛과 대지진에 대해서 조사해 보겠
다고 말하곤 라팔 마법 연맹으로 돌아갔다. 그로서는 그 정도
여파를 남긴 사건을 카이스처럼 천벌이라고 단순히 보아 넘
길 리가 없었다. 그리고 내친김에 엘릭서의 연단을 준비해 놓
고 올 것이라 하였다.
　한편 카이스는 약간이지만 마음이 붕 떠 있는 상태였다.
　이제껏 카이스를 움직였던 것은 욕망이나 야심 같은 것이
아니다. 그렇다고 정의나 선 같은 막연한 가치도 아니었다.
그는 언제까지나 목표를 향해서 달리는 방법밖에 모르는 남
자였다.
　스스로 꿈을 포기한 이후, 그를 움직이게 했던 건 복수였
다. 에리온이라는 적을 향한 증오가 카이스를 밀어주는 가장
큰 원동력이었다. 그러나 이제 에리온은 죽었다. 또 다른 복
수의 대상인 오황도 죽었고 조엘도 무사히 구해냈다.
　추진력이나 다름없던 목표가 하나씩 소실되어 간 그는 이
제부터 어떻게 해야 할지 갈피를 잡지 못한 상태였던 것이다.
　하지만 가장 강한 목표가 사라져 잠시 흔들렸을 뿐, 그는
아직 길에서 벗어나지 않았다. 길을 잃지 않았다.
　아직 삼황이 남아 있다. 또한 최자기가 뭘 꾸미고 있는지

도 밝혀내지 못했다. 완전한 무극에, 현천강기에 닿지 못했다.

그러니까 지금은 약한 소리를 할 때가 아니다. 아직 뒤를 돌아볼 때가 아니었다.

카이스는 흐릿한 시야에 안력을 돋우기 시작하였다. 뿌옇게 초점이 잡히지 않던 사물이 선명하게 보였다. 소리 또한 선명해졌다. 세상이 선명해지고 자신이라는 존재 역시 선명해졌다.

"단장님, 조엘님을 포함한 단원들이 연무실에서 기다리고 계십니다."

언제나처럼 단원들이 모두 모여서 대련을 하고 토의하는 수련의 일과가 시작될 시간이었다.

"그래, 내려간다."

카이스는 마음을 다시 한 번 가다듬고 연무실로 향했다.

조엘은 더 이상 전투가 불가능하다는 사실을 어렵지 않게 받아들였다. 바라드는 이후에 엘릭서를 완성하여 엉망이 된 몸을 회복시켜 주겠다고 말했지만, 사실 그는 크게 개의치 않았다.

'20년이라… 그런 건 상관없다. 설령 내가 힘을 되찾지 못하더라도.'

조엘은 카이스를 바라보았다.

'앞으로 100년을 약속할 분을 얻었으니까.'

카이스는 수하들과 대련을 하고 있었다. 수하들의 힘에 맞춘 상태였지만 검로는 물 흐르듯 자연스럽고 몰아칠 때엔 질풍과 같았다. 틀을 벗어나 자유롭게 검무를 펼치는 그의 모습은 아직 완전히 다듬어져 있지 않았음에도 흡사 과거의 카일을 보는 것 같았다.

조엘이 있든 없든, 카이스는 다시 한 번 수하들을 모두 제압하곤 질책을 시작하였다.

"어떻게 해서든 검을 이겨볼 생각 따위 버리라고 했지? 모두들 도대체 언제까지 그놈의 검이라는 도구에 연연할 생각이야?! 그래서 그다음을 바라볼 수 있을 것 같아?"

그 모습을 지켜보는 조엘은 옛날 생각이 나서 미소 지었다. 당시 카일도 비슷한 이야기를 했었다.

"결국 강해질 수 있는 건 검이 아니다. 그걸 쥐는 나 자신이라는 걸 결코 잊지 말아라. 하지만 그 이후엔… 나 자신도 잊어야 할 때가 올 것이다."

카일이 사라지기 전 마지막으로 했던 충고였다. 처음의 말은 이해하겠지만 아직도 그 이후는 이해하지 못했다. 카이스가 비슷한 말을 하고 있는 것은 조엘로서도 끝을 알 수 없는 카이스의 천성, 재능이 있기 때문이리라.

못 본 사이에 단원들은 한 단계씩 벽을 넘어 더욱 강해져 있었다. 말없이 모두를 지켜보며 조엘은 다시 한 번 자랑스럽게 웃었다.

*　　*　　*

대륙 전체를 뒤흔든 대지진의 여파는 대단했다. 건물이 무너지고 땅이 갈라져 사상자만도 수만을 넘어서고 이재민(罹災民)의 숫자는 수십만에 달했다. 안 그래도 전쟁의 기미로 뒤숭숭한 분위기에 이런 참사가 벌어지니 민심의 동요는 극에 달하였다.

많은 사람들이 북쪽에 떨어지는 빛줄기를 목격하고 화산이라도 터진 것처럼 솟아오르는 검은 연기를 보았기에 많은 인원이 그 원인을 파악하기 위해서 파견되었다.

그들이 보고 온 것은 모두를 경악하게 만들기에 충분했다.

[샤미트 산맥 북부 얼음의 땅의 일부가 사라져 버렸습니다!]

하늘을 찌르는 설산들이 사라지고 그 규모가 눈에 다 들어오지 않는, 깊이를 측정할 수 없는 새카만 구덩이가 나타났다는 보고였다. 자그마치 샤미트 산맥의 1/4에 달하는 공간이 정체불명의 힘에 의해서 날아가 버린 것이었다.

자연재해라고 보기엔 너무나도 엄청난 사건.

　당연히 모든 국가들의 관심은 당장 벌어지고 있는 전쟁만큼이나 무엇이, 어떤 이유로 그런 결과를 낳았는지에 대해서 쏠렸다.

　하지만 누구도 그에 대한 뚜렷한 확답을 내려주지 못했다.

　한 사람을 제외하고.

　이미 샤미트 산맥 일부의 소멸은 카일 공국에도 소문이 널리 퍼진 상태였다. 다시 공국으로 돌아온 바라드가 그 빛에 대해서 결론을 내려줬다.

　"신벌이야."

　"신벌… 이라뇨?"

　"정확하겐 '신의 철퇴' 라고 불리는 주신의 심판을 말하지. 좀 더 고서를 뒤져 봐야 100% 확신할 수 있겠지만… 그 이외엔 그 정도의 힘을 낼 수 있는 것이 없어."

　100%는 아니더라도 99%는 확신하는 모양이었다. 바라드는 그 신의 철퇴라는 신벌에 대해 이야기해 주었다.

　크레아 대륙의 북서쪽 최극단에는 죽음의 땅이라 이름 붙여진 드넓은 불모지가 있다. 생명체라곤 전혀 찾아볼 수 없는 불모지의 한가운데엔 마치 지옥에 연결된 것처럼 끝이 보이지 않는 대공동이 존재하고 있는데, 바라드의 말에 의하면 잘 알려져 있는 사실은 아니지만 그곳이 몇만 년 전 신마시대에 주신의 심판이 내려졌던 곳이라 하였다. 번영의 끝에 서로를 물어뜯기 바쁘던 신과 마, 양 세력이 운명을 걸고 벌인 격전의 장소 한가운데에 내려진 천벌의 흔적인 것이다.

"그러면 정말로 주신 쿠베스의 천벌이라는 건가요?"

"석연치 않긴 하지만 일단 그렇게 생각할 수밖에 없겠지."

온갖 금기를 깨고 설치던 에리온에 대한 주신의 단죄라면 그렇다고 믿어볼 만도 하다. 그럴 법하지 않은가. 신이 실존하는 세상이니까.

"하지만 만약 그 일이 인간의 손으로 자행된 것이라면… 대륙엔 지금까지 겪지 못한 대참사가 벌어질 것이야."

바라드는 마치 이후의 일을 예언하듯 불안감을 드러냈다.

얼마 지나지 않아서 카일 공국에 손님이 찾아왔다. 반(反) 라이덴 제국 연합이라는 처음 듣는 세력의 사절이라고 소개한 남자는 카이스를 만나고 싶다는 뜻을 밝혔다.

대륙 구석에 위치한 카일 공국에 사절이 찾아오는 경우는 흔한 일이 아니었기에 카이스는 조엘을 대동하고 그를 맞았다.

응접실에서 기다리던 사절은 카이스를 발견하자마자 바로 자세를 낮추며 말했다.

"저는 에벨 동맹 소속의 파르제 남작이라고 합니다. 반라이덴 제국 연합의 일원으로서 대공 전하께 요청이 있어 찾아오게 되었습니다."

현 카일 대공으로서 카이스가 거기에 화답했다.

"먼 길 찾아오느라 고생했소. 본인이 카일 대공국의 대공 작 카이스요. 그 요청이란 게 무엇이오?"

파르제 남작이라는 이름의 사절은 거두절미하고 용건을 말했다.

"대공 전하께서도 아시겠지만, 현재 간악한 라이덴 제국이 리오즈 왕국을 점령하고 합병시키는 정복 전쟁을 일으켰습니다. 대륙의 평화를 위협하는 만행에 대응하기 위하여 에벨 동맹과 리즈 연맹, 에리오트 제국이 힘을 모아 반라이덴 제국 연합을 결성하였습니다. 부디 대공 전하께서도 과거 카일 대공께서 그러셨듯이 이번에도 정의를 위한 힘을 보태주시길 바라는 마음에 찾아뵙게 되었습니다."

예상했던 대로 전쟁에 우군으로 가담해 달라는 요청이었다.

조엘 구출을 위해 샤미트 산맥을 뒤지는 사이 전쟁이 벌어졌다는 소식은 카이스도 이미 들어 알고 있었다. 그리고 그로 인해서 적지 않게 마음이 쓰였던 것도 사실이었다.

"음……."

카이스는 잠시 입을 다물고 생각에 잠겼다.

과거 리마 제국이 일으킨 대륙 전쟁에서 카일이 대활약했다는 건 잘 알고 있다. 그 선례를 생각하면 여기서 당장에라도 승낙해야 한다는 생각이 들긴 했지만, 아무래도 사안이 단순하지 않아 바로 그러겠노라 이야기할 수 없었다.

지혜를 빌리기 위해서 카이스는 조엘의 얼굴을 살폈다. 오랫동안 대공으로서 영지를 이끌어온 그가 여기선 현명한 판단을 내려주리라고 생각했기 때문이다. 그 의중을 짐작했는지 조엘이 살짝 고개를 끄덕이곤 사절에게 물었다.

"전임 대공 조엘일세. 하나만 확인해 보겠네. 아까 그대는 정의를 위함이라고 하였지? 그렇다면 전쟁 이후 패전 지역을 점령한 국가가 식민 통치를 하지 않겠다는 것인가?"

순간 사절의 얼굴에 당혹감이 드러났다. 가장 드러내고 싶지 않던 부분을 조엘이 언급한 모양이었다.

"그… 것은……."

사절은 섣불리 대답하지 못했다.

"만약 식민 지배를 하지 않겠다면 참전을 고려하겠네."

"…그것은 지금 제가 확인해 드릴 수 있는 사항이 아닙니다."

"그러면 확인하고, 나의 말대로라면 다시 찾아오게. 만약 지난번과 마찬가지로 식민지 확보를 위해서 우리의 힘을 빌리려 한다면 우리는 절대 도와주지 않을 테니."

"하지만……."

"내 말을 못 알아들은 겐가? 거짓된 정의로 점철된 전쟁에 우리의 피를 흘리지 않겠다는 말이네."

조엘은 차갑게 분노하며 사절을 쏘아붙였다. 사절은 조엘의 위엄에 감히 거스르지 못하고 똥 씹은 표정을 짓다가 결국 쫓겨나듯 물러날 수밖에 없었다.

둘밖에 남지 않은 응접실에서 카이스는 뭐가 어떻게 돌아가는지 몰라서 멀뚱멀뚱 조엘을 바라보았다. 그런 카이스에게 조엘은 온화한 얼굴로 돌아와 천천히 설명해 줬다.

"도련님, 대륙 전쟁 이후 우리의 힘을 빌리려는 이들은 얼마든지 있었습니다. 그들은 언제나 정의로 포장된 논리를 들고 옵니다만, 진실을 알고 보면 모두 이해관계가 남을 뿐이랍니다."

조엘은 과거 리마 제국과의 전쟁에 참전했을 때의 이야기를 해줬다. 널리 알려져 있듯, 언데드까지 동원할 정도로 수단과 방법을 가리지 않은 리마 제국의 군세 앞에 정규군이 모조리 패배하고 대륙 전체가 풍전등화나 다름없는 때였다. 당시 카일은 이끌고 있는 사람들과 함께 반군을 조직하여 패잔병들과 비전투 인원들을 규합하여 참전했다.

그리하여 이젠 전설이 된, 지독하고도 지독한 사투 끝에 리마 제국을 괴멸시키는 데 성공하였다. 한데 지금 중요한 건 그 과정이 아니었다. 문제는 그 이후였다.

"전쟁은 소수의 권력자가 초래한 민중의 고통이었고… 살아남기 위해 노력한 민중의 손에 끝났습니다. 다시 말해 핍박받는 이들이 일궈낸 승리였습니다. 그러나 결실은 이미 옛날에 전멸당해 숨어 있던 9국 동맹의 지도자들이 독점하였습니다. 그들은 카일님께 대공이라는 지위와 변방의 영지를 던져 주곤… 자기들끼리 점령지를 갈기갈기 찢어 식민지로서 착취하기 시작하였습니다.”

핍박받는 자들을 위해 일어선 카일. 그가 민중과 함께 비로소 일궈낸 승리가 결국에는 핍박받는 이들을 늘려 버리고 만 셈이었다. 아직까지 착취당하며 살아가는 사막의 민족이 바로 그 대표적인 예라 할 수 있었다.

“그놈들에겐 정의가 없다는 사실을 아시겠습니까?”

식민 지배를 당하는 영역을 늘릴 바에야 차라리 강국에 합병되는 것이 민중에게 더 나을지도 모르는 현실. 그것이 조엘이 권력자들의 아귀다툼에 지나지 않는 전쟁에 참여하지 않는 진짜 이유였다.

카이스는 고개를 끄덕였다. 그러나 한편으론 이런 생각이 들었다.

“미연에 끝낼 수 있다면 피 흘리는 사람이 줄지 않을까요?”

“우리들만의 힘으로 가능하다면 그게 최선이겠지요.”

카일 공국엔 자경단은 존재하나 병사가 없다. 존재하는 힘은 현재 일곱 명에 지나지 않는 카일 기사단이 유일했다. 개개인의 힘은 최강이라도 그 힘이 수십만을 넘어서는 병력에 미치지 못함은 너무나도 당연한 것이리라.

　"제 의견은, 일단 추후 상황을 지켜보자는 것입니다. 라이덴 제국이 아무리 군사대국이라고 하더라도, 연합군의 힘을 웃돌 정도는 아닐 테니까요."

　카이스도 그게 좋겠다고 말하며 고개를 끄덕였다. 조엘은 마지막으로 불길한 운을 띄웠다.

　"그러나… 질 것이 뻔한 전쟁을 일으킨 신황제에게 다른 의도가 있을지도 모른다는 생각이 가시지 않는군요."

＊　　　＊　　　＊

　에벨 동맹 연합에 위치한 황금평야에 대병력이 계속해서 집결했다. 그들은 에리오트 제국과 에벨 연합의 힘을 모은 반 라이덴 제국 연합의 병력이었다.

　만일의 경우 자국 영토의 방어를 위한 숫자를 제외한, 최대한의 병사들이 동원되었다. 곳곳에서 도착하는 병력은 벌써부터 30만에 육박하는 대규모로 이후로도 더 늘어날 터였다. 그러나 병사가 아닌, 참가 세력의 숫자는 처음 결성되었을 때와 비교해서 그리 늘지 않았다.

　현재 대륙에서 연합군으로 참가 가능한 세력은 에리오트 제국과 에벨 연합 이외에도 성 리온 제국이나 남쪽 섬나라 카발 왕국, 카일 공국, 라팔 마법 연맹. 이렇게 네 개의 세력이 추가로 존재한다.

국력도 규모도 작아 별 도움이 못 될 카발 왕국을 애당초 제외하고, 카일 공국에서 거절당하니 바라드가 지배하는 라팔 마법 연맹에서도 도움을 줄 리 없었다.

고로 남은 건 성 리온 제국뿐이다. 그러나 그쪽으로 부탁하러 갔던 사절도 냉랭히 거절당하고 돌아올 수밖에 없었다.

성 리온 제국은 귀족이 아니라 신관들이 지배하는 곳. 엄밀히 말하자면 주신의 계시를 받아야만 움직이는 나라다.

그러나 100년 전의 대륙 전쟁에서 전쟁 초기에 무너진 성 리온 제국으로선 진정 라이덴 제국이 대륙 전쟁을 일으켰다면 참전을 고려할 법도 했다. 그런데도 그들이 움직이지 않는 건 바로 라이덴 제국의 신황제 브리언의 손에 두 개의 신검 중 하나인 프로비던스가 있기 때문이었다.

신검의 소유자가 일으킨 전쟁은 신의 의지가 포함된다고 믿는 성 리온 제국의 신관들로선 라이덴 제국에게 반기를 들리가 없다.

"흥, 겁쟁이들의 도움 따윈 필요없다! 우리도 100년 동안 놀고 있던 게 아니라는 걸 보여주도록 하자!"

반라이덴 제국 연합의 지휘관들은 검을 치켜들며 전쟁 의지를 불태웠다.

한편, 라이덴 제국의 병력은 이티드 평원의 남동쪽 끝단 크리온 강 유역으로 집결해 있었다. 당장에라도 국경을 넘어 공격을 개시할 수 있는 상태였음에도 그들은 움직이지 않았다.

하루하루 지날수록 강 건너편에 대병력이 집결하고 있는 상황이니 서둘러 공격을 개시하는 것이 어떻게 보더라도 당연한 것일 텐데, 라이덴 제국의 병력은 요지부동이다.

반라이덴 제국 연합 측에선 아직 전열이 완전히 정비되지 않은 상태에서 적이 공격해 오지 않는 것을 이상하게 생각하면서도 한편으론 내심 다행이라 생각하고 있었다.

라이덴 제국 측은 마치 병력을 모을 수 있으면 더 모아보라고 여유를 부리는 것 같았다. 반면 자신들의 병력이 예상보다 너무 커서 공격하지도, 후퇴하지도 못하고 망설이고 있기 때문이라고 보는 사람도 있었다.

아무튼 다시 전황을 살펴보자면, 현재 라이덴 제국의 병력은 세 방향에서 포위당하고 있는 것이나 마찬가지였다.

이티드 평원에서 병력이 동쪽이나 남동쪽으로 도하(渡河)하면 바로 에벨 연합의 영토를 침범하는 것이고, 남쪽으로 도하하면 에리오트 제국이다. 거기에 바로 대응할 수 있도록 반라이덴 제국 연합은 각기 도하가 가능한 세 장소에 병력을 분산하여 방어선을 구축한 상태였다.

동서남북을 가로지르는 크리온 강을 중심으로, 북서쪽의 라이덴 제국 병력을 북동, 남서, 남동의 세 구역이 포위하고 있는 것이다.

아무리 라이덴 제국이 군사 대국이라 하더라도 힘을 모은 두 세력을 상대로 우위를 지니긴 힘들다. 상황이 그렇게 흘러가자 처음엔 아무 의심 없이 신황제의 카리스마에 압도당하던 라이덴 제국 군사들에도 조금씩 우려가 섞이기 시작하였다. 그 우려는 크리온 강을 중심으로 적군의 세력이 모두 집결하고 방어선 구축이 완료되었다는 소식과 함께 최고조에 올랐다.

"주둔이 길어지는군. 폐하께선 도대체 무슨 생각을 하고 계시는 것인지……."

라이덴 제국 주둔지.

병사들을 둘러보던 장군 중 한 사람이 걱정스레 중얼거렸다.

만반의 준비를 하고 출진하여 단숨에 리오즈 왕국을 정복하기까지 그는 추호도 의심하지 않았다. 바로 얼어붙은 강을 지나 파죽지세로 진격하여 성들을 정복하여 대륙을 통일할 것이라고 말이다.

그러나 황제 브리언은 적진을 앞에 두고 주둔할 것을 명하였고, 적들이 차근차근 수를 늘리며 전열을 갖춰가는 걸 가만히 지켜보기만 하였다. 다른 루트를 통한 기습 부대 같은 것을 꾸미고 있지 않을까 기대했지만 그런 명령도 없었다.

당연히 장군들은 적들이 준비를 마치기 전에 진격해야 한다고 수차례 진언했지만 황제는 아직 때가 아니라는 한마디로 말을 잘랐다.

'이젠 늦었다. 이미 적 전력은 우리보다 우위에 있으니 다른 방법을 찾지 않으면…….'

감히 입에 담지 못하고 그렇게 생각하고 있노라니 갑자기 전령이 찾아와 곧 사령부에 주요 지휘관들의 소집이 있다고 언질을 줬다.

"마침 잘되었다. 이번엔 반드시 폐하께 진언드리리라."

그는 굳은 마음으로 발걸음을 옮겼다.

사령부엔 전령의 말대로 지휘관들이 모두 모여 있었다. 잠시 후, 임시로 마련한 황제의 옥좌에 근위기사를 대동한 황제 브리언이 행차하였다.

장군들이 입을 모아서 진언을 올리려는 찰나, 황제는 명령을 내렸다.

"황금평야에 있는 놈들의 주력을 친다."

모두 자신의 귀를 의심하지 않을 수 없는 말이었다. 황금평야는 남동쪽으로 도하하면 바로 나온다지만, 그 앞에는 만만치 않은 전력들이 방어선을 구축하고 있었다. 그뿐만 아니라 북쪽과 서쪽에 그에 뒤지지 않는 병력들이 대기 중이니 자칫하면 좌우를 협공당하거나 퇴로를 잃고 협살당할 가능성도 있었다.

이미 정면 승부를 벌여도 승리하기 힘든 상황인데, 왜 하필이면 병법으로 봐도 최악의 선택을 내린단 말인가!

지휘관들이 고개를 조아리며 좋지 못한 계획이라고 입을 모았다. 모두 비슷한 생각을 하면서 누구도 황제의 발언을 옹호하지 못하고 옳지 못한 판단이라는 걸 강조하였다.

그러나 브리언은 단호하게 말했다.

"승산이라고? 그대들이 병사를 움직여야 하는 이유에 내 명령 이외에 무엇이 더 필요한가? 그대들의 판단이 내 명령보다 중요하다면 다시 한 번 명령을 거부해 보도록."

그 한마디에 좌중의 분위기가 싸늘하게 식었다. 모두 꿀 먹은 벙어리가 되어 더 이상 아무 말도 하지 못했다. 황명은 절대적이다. 비록 그 명령이 자살행위나 다름없더라도 말이다.

모두 침묵을 지키는 사이 브리언은 자리에서 일어나 남동쪽 방향의 황금평야를 가리키며 말했다.

"리오즈에서 징발한 부대를 선봉에 배치한다. 그리고 공격의 선두엔 내가 설 것이다."

지휘관들은 도무지 이해할 수 없는 그 명령에 따를 수밖에 없었다. 그렇게 공격 준비가 개시되었다.

모두가 무모하다고 말하지만 따를 수밖에 없는 공격이 개시되었다. 선두에 선 황제의 깃발과 함께 라이덴 제국 군세의 일부가 동남쪽으로 도하하였다.

이런 공격을 미처 예상하지 못했던 모양인지 연합군은 당황하여 약간의 피해를 입었지만 곧 전열을 가다듬고 반격을 개시하였다.

적진 깊숙이 공격해 들어간 병력은 라이덴 제국 총군세의 2할, 약 9만의 군세였다. 거기에 대응하는 황금평야의 연합군은 30만을 넘어섰다. 총병력부터 열세인데 그걸 또 쪼개서 들어오니 당연히 정면 승부에서 밀릴 수밖에 없었다.

다만, 선두에 선 황제 브리언과 최정예 소드 마스터로 이루어진 근위기사단의 힘은 엄청나서 연합군의 어느 누구도 막아내지 못하고 종횡무진으로 전장을 누볐다. 그러나 각기 흩어져서 싸우는 것도 아니고, 황제를 중심으로 함께 움직이는 특성상 전황을 뒤집을 수 있을 정도는 아니었다.

라이덴 제국 측 지휘관들이 우려했던 그대로 북쪽과 서쪽에서 연합군 전력들이 넘어오며 좌우에서 제국군의 진영을 찌부러뜨리려 하였다. 그때에 맞춰서 브리언은 퇴각 명령을 내렸다.

"퇴각한다! 뇌전 기사단과 천둥 기사단은 활로를 터라! 후미는 짐과 근위기사단이 막는다!"

큰 소득을 얻은 것도 없이 브리언의 군세는 퇴각에 들어섰다. 독 안에 든 쥐를 그대로 놓칠 수 없다는 듯 연합군의 군세는 퇴로를 막아섰지만, 선두에 선 라이덴 제국의 정예 번개

기사단과 천둥 기사단을 막아내지 못하고 돌파당하고 말았
다. 퇴각하는 군세의 뒤를 노리려 해도 철벽처럼 지키고 선
근위기사단과 엄청난 무위를 뽐내는 황제 때문에 별반 소득
이 없었다.

공격을 마치고 귀환한 라이덴 제국의 군세는 2만 정도가
줄어들어 7만 명이 남았을 뿐이었다. 난전 속에서 연합군이
입은 피해도 비슷하였으니 자살행위라 생각한 공격치곤 나쁘
지 않은 결과였다.

그걸 성공적이라고 생각했던 모양인지, 황제 브리언은 다
음날 재차 공격을 개시하였다. 이번에도 한바탕 휩쓸고 온 결
과, 전날과 별다를 것 없는 성과와 피해를 입었다.

그리고 다음날도, 또 다음날도 마찬가지였다. 크게 이기지
도, 크게 지지도 않고 계속해서 적진을 향한 습격과 후퇴를
반복하였다.

＊　　　＊　　　＊

카이스는 수련과 지진으로 인한 피해 복구에 힘을 쓰며 나
날을 보내고 있었다. 단순히 지시내리는 데에 그치지 않고,
인부들과 함께 땀을 흘리기도 하면서 영지민들의 피해를 수
복하는 데 최선을 다했다.

멀리서 전쟁이 어떻게 돌아가고 있다는 소식이 들려왔지

만 당장은 상관하지 않기로 결정을 내린 이상 크게 신경 쓰진 않았다.

"그나저나… 리엔이 폐관한 지 오늘로 사흘째인가?"

카이스는 흐뭇한 표정으로 생각했다.

요즘 카이스는 부하들에게 별 소득 없는 대련 대신 가부좌를 틀고 명상에 잠기는 묵사 수련을 지시하고 있었다.

다들 몸을 움직이며 검을 휘두르는 게 적성에 맞는지라 쉽게 적응하진 못하였지만 카이스는 조엘과 함께 차근차근 무극신공에 대한 근본적인 설명과 함께 질문에 답하며 모두들 깨달음을 얻을 수 있도록 노력하였다.

그리고 그 효과는 참으로 빨리 나타났다. 이틀 전, 명상 도중 리엔이 뭔가 실마리를 잡은 모양이었다. 다만 그 깨달음이라는 것이 좀처럼 잡힐 듯 잡히지 않자 그녀는 지하에 새롭게 마련한 명상실에 들어가 폐관수련을 시작하였다.

벽을 넘기 전에 나타나는 좋은 징조였다. 오래 걸리지 않아서 그녀는 깨달음을 얻고 염원하던 무극신공의 10성에 올라 그랜드 마스터가 될 것이다.

그걸 생각하면 카이스도 왠지 짐을 조금 덜어낸 것 같아서 마음이 편해졌다.

카이스의 경우, 무아에 빠진 상태에서 깨달음을 얻고 환골탈태를 마치기까지 보름 정도가 걸렸다. 조금씩 개인 차이가 있겠지만 리엔도 크게 다르진 않으리라. 머지않아 훨

씬 강한 모습으로 돌아올 그녀를 생각하며 카이스는 미소
지었다.

*   *   *

한편 대륙에서의 전쟁은 계속되고 있었다.

연합군 진영은 매일같이 반복되는 라이덴 제국의 습격에
피해가 속출하여 대응에 고심하였다.

10만 이하의 병력을 이끌고서 본진을 휩쓸고 다시 유유히
빠져나가는 대책없는 전술에 계속해서 당하고 있으니 답답한
노릇이 아닐 수 없었다. 연합군 측도 함정을 파거나 매복 부
대를 배치하는 등의 시도를 안 한 것도 아니지만, 하루 안에
준비할 수 있는 것이 얼마나 되겠는가. 매번 약속하기라도 한
것처럼 본진을 노리고 돌격해 오는 전력에 매일 난전의 연속
이었다.

사령부에서는 매일같이 장군들이 모여서 대책 수립에 힘
썼다.

"무모하기 짝에 없는 공격이지만… 라이덴 제국의 저력은
정말 놀랍군요."

"그게 가능한 것은 역시… 기사단의 힘이 큽니다."

빤할 정도로 본진 중심으로 병력을 밀고 와서 다시 퇴로를
열고 유유히 탈출이 가능한 이유는 기사단이 선두와 후미에

서 활로를 열기 때문이었다.

라이덴 제국의 기사단 규모는 대륙 최고다. 근위기사단, 천둥 기사단, 뇌전 기사단 등 총 네 개 정규 기사단의 숫자는 어림잡아 150명을 넘어서고, 모두가 최소한 익스퍼트 중상 급 이상에 소드 마스터만도 30명이 넘는다.

물론 에리오트 제국이나 에벨 연합 측도 기사단이 존재하지만 질적으로 차이가 나기에 연전연패. 사실상 기사단의 피해는 더욱 심각한 상태였다.

거기에 신황제 브리언의 힘은 가공할 만했다. 소드 마스터 급의 근위기사들과 함께 움직이는 그의 손에 당한 병력이 벌써 수만에 육박했다. 내로라하는 기사들과 지휘관을 도대체 얼마나 많이 잃었던가. 소문엔 단순한 소드 마스터가 아니라 그랜드 마스터에 육박한다고도 하였다.

"카일 기사단의 힘만 빌릴 수 있었다면……."

피해는 쌍방이 동등한 상태라고 하여도 라이덴 제국 측은 무리한 공격에서 전과를 얻어내고 있으므로 연합군 측의 사기는 하루가 다르게 떨어져 가고, 반면에 제국 측은 높아져 갔다.

"이대로는 안 되오. 차라리 병력을 집중시켜 상대함이 어떻소?"

"우리도 그 의견에 찬성하오."

그들은 결국 세 곳으로 분산된 병력을 황금평야에 집결시키기로 결정 내렸다. 전력이 분산되어 있기에 피해가 커진다. 강력한 기사단의 힘으로도 뚫리지 않는, 압도적인 병력을 한데 모아 방어하고 역으로 밀어붙이는 수밖에 없다는 판단이었다.

전략적으로 지극히 당연하고 합리적인 결정이다. 그러나 그로써 어떤 결과가 펼쳐질지 그들은 상상조차 하지 못했다.

*　　　*　　　*

라이덴 제국 북부에 위치한 선대 황제의 무덤. 먼젓번 샤미트 산맥을 단방에 날려 버린 붉은 섬광이 발사된 바로 그곳이었다.

새롭게 내려진 명령에 따라 그곳은 다시 바쁘게 움직이기 시작하였다.

"폐하께서 명령을 내리셨다. 철퇴를 발사한다."

"좌표는 황금평야에 집결해 있는 연합군의 주둔지로!"

먼 옛날 세상에 내려진 다섯 개의 신의 육체에서 방출되는 마나를 모아서 쏘아내는 궁극의 포격.

신의 철퇴가 다시 가동되기 시작하였다.

*　　　*　　　*

황금평야에 연합군의 전 병력이 집결하자 새로운 소식이 날아왔다.

"제국에 심어놓은 첩자로부터의 연락입니다! 라이덴 제국의 병력이 새벽부터 후퇴하기 시작한 모양입니다!"

"후후후, 이대론 안 되겠다고 생각한 것인가? 그러나 가만히 내버려 둘 순 없지. 전 병력 출진 준비! 놈들의 후미를 친다!"

이번 공격으로 승부를 내기 위해서 모두 분주히 출진을 준비하였다. 그러던 도중 가벼운 지진이 일어났다.

쿠쿠쿠쿠쿠.

지난번의 지진에 비하면 정말 아무것도 아닌, 잠시 땅이 흔들리고 마는 정도였다.

그것이 전조였다.

잠시 후, 그들은 서북쪽 하늘이 붉게 빛나고 있다는 것을 깨달았다. 빛은 점점 하늘을 뒤덮어가기 시작하였다. 무슨 일이 일어나는지 상상도 하지 못하고 처음 보는 빛에 정신이 빼앗겨 멍하게 하늘을 바라보던 그들은, 어리석게도 붉은빛이 하늘을 가득 채우고 근처에 떨어져 내리기까지 그것이 엄청난 대재앙이라곤 생각하지 못하고 멍하게 있기만 하였다.

콰앙!!

엄청난 굉음과 함께 천지가 뒤집혔다. 열기에 하늘과 땅이 증발하고 한곳에 모인 연합군의 수십만 병력이 단숨에 녹아 내렸다.

드높이 솟은 빛줄기가 고하고 있었다.

'생존자 따윈 존재하지 않는다!' 라고…….

CHAPTER 2
참전!

BLAST

신의 철퇴가 떨어짐과 동시에 대륙 전체는 다시 한 번 요동쳤다. 먼젓번의 지진 피해를 다 수복하지도 못한 상태에서 다시 동급의 지진이 덮치니 복구 중이던 건물들이 폭삭 내려앉고 땅이 갈라져 지난번의 몇 배나 되는 피해가 발생하였다.

복구가 한창이던 카일 공국도 쑥대밭이 되어버리고 말았다.

카이스는 매몰된 사람들을 구하기 위하여 영지민들과 힘을 모아 건물을 헤집고 잔해를 옮기며 정신없이 움직였지만 모든 사람들을 구할 순 없었다.

흙더미 속에서 질식하고 얼어붙은 아이의 시신을 안고 울부짖는 부모를 지켜보는 그의 마음이 오죽했을까. 수백이 넘는 사람의 목숨을 구했지만, 그에 뒤지지 않는 시체를 파내며 카이스의 마음도 찢어졌다.

이틀 동안 잠 한숨도 자지 않고 흙투성이가 되어 수백 채가 넘는 집의 잔해를 파헤친 뒤에야 비로소 무슨 일이 일어났는지 보고받을 수 있었다.

"크리온 강 유역과 황금평야가 쑥대밭이 되었습니다. 그 여파로 반라이덴 제국 연합 병력의 대부분이 몰살했습니다!"

"예의 그 신벌… 인가?"

바라드가 고개를 저었다.

"아니, 신벌이 아니다. 절대 그럴 리가 없지! 이건 분명 인간의 손으로 자행된 것이야!"

카이스와 조엘을 포함한 단원들은 바라드와 함께 해당 지역 부근으로 공간 이동하여 무슨 일이 일어난 것인지 직접 확인할 수 있었다.

"……."

"……."

"이럴 수가……."

눈앞에 펼쳐진 참상을 확인하니 입이 다물어지지 않았다. 하늘에선 검은 재가 눈처럼 쏟아져 내리고, 넓게 펼쳐져 있던 평야에는 끝이 보이지 않는 구덩이가 생겼다. 구덩이엔 진흙투성이의 강물이 흘러들어 와 고이고 있었는데, 그 위엔 새카

많게 타들어간 엄청난 숫자의 시체들이 쓰레기더미처럼 떠다니고 있었다. 보는 것만으로도 구역질이 절로 나왔다.

비상 마법으로 하늘 위에 올라가 내려다보니 전체적인 풍경이 보였다.

지형이 완전히 변했다. 새카만 폭심지가 넓디넓은 평원이었던 평야의 1/3가량을 집어삼켰고, 갈 길을 잃은 강물이 새카만 진흙탕으로 변해 폭심지에 고이고 있었다.

이로 인해 이후 대륙 전반에 미칠 영향이 얼마나 클지는 상상도 할 수 없었다.

"이제 더 이상 의심의 여지가 없다. 라이덴 제국의 애송이 황제가 분명 무한한 마나의 근원인 신의 육체… 그 깃털들을 모두 손에 넣은 게야."

"최자기… 그 자식이……."

카이스는 주먹을 꾸욱 쥐었다. 아무리 전쟁에 이기기 위해서라고 하더라도… 여기서 도대체 몇십 만의 인간이 죽었을까. 이건 이미 전쟁의 범주를 넘어선 대재앙이었다.

일행은 눈 뜨고 볼 수 없는 풍경을 피해서 카일 공국으로 돌아왔다.

카일 공국엔 어느새 각국에서 사절들이 도착해 있었다. 그들은 입을 모아서 어떤 조건이든 달게 받을 터이니 움직여 줄 것을 간청하고 있었다.

연합군 주력이 괴멸당한 지금 라이덴 제국은 국경을 넘어

본격적인 정복 전쟁을 벌여 나가기 시작했다. 각국에 남아 있는 최소한의 방어 전력만으로 총 40만이 넘는 라이덴 제국의 대군의 공격을 막아낸다는 것은 어불성설이었다. 그러나 100년 전 군세를 일으킨 카일은 지금과 다를 게 없는 상황에서 그걸 해냈다. 막다른 곳에 도착한 그들이 다시 이쪽에 매달리는 건 어찌 보면 당연했다.

고개를 조아리는 귀족들의 모습을 보니 카이스는 안쓰럽기도 하였지만 무엇보다 기분이 좋지 않았다. 찾아온 사절은 카이스에게 더 넓고 좋은 영지와 원한다면 왕의 자리까지 책봉하겠다고 말하고 있었지만… 본디 권력에 욕심이 없는 그로선 관심도 없을뿐더러 말투에서도 이 위기를 모면하고자 하는 생각만 보일 뿐, 진심은 없었다.

카이스는 말했다.

"이대로 지켜볼 수는 없으니 참전은 하겠습니다. 다만, 그것이 당신들의 권력 유지를 위한 것은 아닐 겁니다."

"그게 무슨 말씀이신지요?"

거기엔 조엘이 대답하였다.

"지금의 위치를 보전하고자 한다면 100년 전처럼 공을 거저먹으려 하지 말고 스스로 싸워 얻으란 말씀이오. 이 자리에 약속하건대, 그런 자는 내가 그냥 두지 않을 것이오!"

조엘의 엄한 호통에 사절들은 핏기가 빠진 얼굴로 고개를 조아리곤 돌아가 버렸다. 이로써 최소한 전쟁이 끝날 때까지 숨어서 기다리다가 종전 이후에 공을 차지하려고 나서는 인간은 없어지리라.

사절들이 물러나자 카이스는 조엘에게 물었다.

"그런데 이제 어떻게 하죠? 참전을 하더라도 우린 병력이 없잖아요."

"걱정하실 필요 없습니다. 우리가 옳은 곳을 향해 걷는다면 같은 길을 걷는 사람을 만나는 법입니다."

단원들을 소집하여 카이스는 참전을 공식화하였다. 단원들도 아무런 이의가 없었다.

"당장의 힘은 우리 카일 기사단과 라팔 마법 연맹뿐인가… 좀 지나친 소수 정예인 것 같은데……."

"잠깐, 나는 이미 참전하는 걸로 결정된 거냐?"

바라드가 투덜거렸지만 카이스는 혹시 바라드가 발뺌하지 않을까 싶어서 못 들은 체하였다. 때맞춰 엘사로트가 앞으로 나서서 말했다.

"단장님이 그렇게 마음먹으셨으면 성 리온 제국으로 향합시다. 대항군을 일으키려면 거기서부터 시작해야 할 겁니다."

"음, 확실히 힘이 온전한 세력은 우리 이외엔 거기뿐이겠지. 하지만 계시가 없으면 움직이지 않는 그 꽉 막힌 사람들이 과연 힘을 보태줄까?"

"단장님과 제가 함께 간다면 모든 것은 뜻대로 이루어질 것입니다."

엘사로트는 평소처럼 성호를 그으며 미소 지었다.

"그래? 뭐, 어차피 건재한 곳은 그곳뿐이니… 준비하고 가보자. 바라드 아저씨는 공간 이동 준비를 부탁드려요."

"젠장, 나는 이번에도 당연히 참전해야 하는 모양이구만."

바라드는 마지막으로 한숨을 쉬곤 다시 한 번 중얼거렸다.

"후우, 또 얼마나 많은 인간을 죽여야 하는 것일지."

카이스 일행은 성 리온 제국으로 공간 이동하였다. 단, 거기에 리엔은 포함되지 않았다. 그녀는 깨달음을 앞두고 폐관 중이라 억지로 끌고 나올 순 없었기 때문이다.

대륙의 반대편에 있는 성도 스피노스텐. 주신의 양을 자처한다는 이름의 성 리온 제국의 수도는 주교들과 교황이 다스리는 신성제국답게 곳곳에 신전과 예배당이 들어찬 엄숙한 느낌의 도시였다.

도시 중앙에 위치한 커다란 신전에 도착하니 기다리기라도 한 것처럼 한 신관이 카이스 일행을 마중 나왔다.

엘사로트가 신관을 맞아서 예법에 맞게 인사를 전했다.

"신의 가호가 함께하시길. 카이스 대공전하와 대법관 바이로트의 아들 엘사로트가 카일 공국의 일행과 함께 성도에 찾아뵙습니다."

"오랜 형제여, 오실 줄 알고 있었소. 그쪽에 계신 분이 카

이스 대공전하이십니까? 교황님께서 안에서 기다리고 계십
니다."

카이스 일행은 곧 신전 안으로 안내되었다. 화려하게 장식
된 기둥들이 드높이 치솟아 천장을 떠받치는 복도를 지나며
마일과 시노크가 자기들끼리 수군거렸다.

"혹시… 라고 생각했지만, 저 녀석이 정말 성 리온 제국 출
신일 줄은."

"뭐, 입만 열면 신을 찾아대는데, 이렇지 않을까 싶었지."

그 말을 듣고 엘사로트가 대답했다.

"출신이 뭐가 중요한가. 나는 지금 카일 기사단의 단원이
라는 사실에 만족하고 있네. 여기는 다만 내 고향일 뿐이지."

긴장감없이 떠드는 수하들에게 카이스는 주의를 줬다.

"조금씩 긴장하자. 우린 이제부터 전쟁을 하려는 거니까."

교황과 대주교들이 기다리고 있는 예배당의 문이 열렸다.
여기서 그들이 협력을 하든 말든 관계없이 카이스는 이제부
터 지독한 전쟁에 휘말려야 할 것이다.

그리고 그 전쟁은 카이스의 인생에 있어서 가장 가혹한 싸
움이었다.

*　　*　　*

카이스 일행이 스피노스덴에서 병력을 지원받고 있을 즈

음, 라이덴 제국의 병력은 전열을 가다듬은 후 다시 국경을 넘어서 침공을 개시하였다.

제일 먼저 공격해 들어간 곳은 바로 밑에 있는 인접 제국인 에리오트 제국이었다. 영지별로 최소한의 수비를 위해 남겨 놓은 병력들이 있긴 했지만 신의 철퇴에 의해서 주력이 괴멸한 지금, 압도적인 병력으로 밀고 들어오는 라이덴 제국의 군세 앞에선 추풍낙엽이나 다름없었다.

보는 것만으로도 기가 죽는 군세에 겁을 먹고 백기를 들고 성과 영지를 내준 귀족도 있었다. 그러나 브리언 황제의 태도는 강경했다.

"항복 따윈 받아주지 않는다. 그저 짐은 짓밟고 무너뜨릴 뿐이다!"

처음에 항복한 영지는 지독한 꼴을 당했다. 전쟁에 약탈이 동반되는 건 당연한 것일지도 모르겠지만… 황제의 카리스마에 홀린 라이덴 제국의 병사들은 약탈하고, 강간하고, 살인하고, 불을 질러 그들이 지나간 곳엔 풀 한 포기 남지 않았다.

악마에 쐬인 것처럼 광기에 젖은 군세는 살육을 반복하며 나아가고, 또 나아갔다.

그 소식을 접한 다른 영지들은 나름대로 투쟁을 시작하였다. 그들은 성안에 틀어박혀서 절망적인 병력 차를 상대로 결코 오지 않을 원군을 기다리며 농성으로 버텼다. 그러나 대부분 며칠을 넘기지 못하고 함락당해 처참한 꼴을 당할 뿐이었다.

　전쟁을 피해서 대부분의 힘없는 백성들은 고향을 버리고 피난을 시작하였다. 변변한 채비도 갖추지 못하고 얼마 되지 않는 식량을 짊어진 그들은 전쟁을 피해서 남으로, 동으로 힘겨운 행군을 계속하였다.

　다들 영웅을 기다렸다. 100년 전처럼 위기의 처한 대륙을 구원해 줄 존재가 나타나길 기원했다.

　그 소망에 답하듯, 카일 기사단과 라팔 마법 연맹이 성 리온 제국과 동맹을 맺고 연합군을 구성했다는 소식이 일파만파로 퍼지기 시작하였다.

　라이덴 제국의 임시 사령부. 황제 브리언에게 장군들의 보고가 계속해서 이어지고 있었다.

　"황제 폐하의 뜻을 거스르는 자들이 성 리온 제국으로부터 규모를 키우고 있다고 하옵니다."

　"숫자는?"

　"7만 전후로 파악되고 있사옵니다."

　"규모는 아직 보잘것없군. 거기에 포함된 세력은?"

　"성 리온 제국의 병사와 성기사들이 주 전력이며, 연합군의 패잔병과 피난민들이 합류하고 있사옵니다. 그리고 숫자는 소수이지만 카일 공국의 카일 기사단과 라팔 마법 연맹의 마법사들이 포함되어 있다고 하옵니다."

　　카일 기사단의 이름이 나오자 브리언의 얼굴이 잠시 변했다. 그러나 긴장했다거나 두려워하는 것이 아닌, 즐거워 보이는 듯한 표정이었다.

"철퇴의 상태는 어떠느냐?"

궁정마법사가 대답하였다.

"마나의 충전이 완전히 끝난 상태로, 폐하께서 위치만 지정해 주신다면 최대 네 발까지 연속 발사가 가능하옵니다."

브리언은 차갑게 웃으며 중얼거렸다.

"그럼 놈들의 거점들을 날려 버리기엔 충분하겠군."

　　당장에라도 발사 명령을 내릴 것 같은 분위기인지라 장군들은 사색이 되어 그것만은 최악의 상황이 아니면 사용하지 말아달라고 입을 모아서 진언하였다. 동반되는 지진으로 입는 피해도 보통이 아닌데다가 중소 왕국 규모의 대지를 영원히 죽음의 땅으로 변하게 만드는 최악의 병기를 그들이라고 해서 달가워할 리가 없었다. 남용하면 장차 크레아 대륙에서 인간이란 종족의 존속을 위협하고도 남을 일이었기에.

"쉬운 승리가 앞에 있는데도 굳이 어려운 길을 가겠다는 것인가? 아니, 그게 더 재미는 있겠군. 좋아, 철퇴는 일단 보류하도록 하지. 킥킥킥."

　　브리언은 무슨 생각을 하는지 혼자서 키득거리며 웃었다.

　　지켜보고 있는 사람이 자신도 모르는 사이에 소름이 돋는, 그런 웃음이었다.

*   *   *

　카일 기사단이 성 리온 제국과 함께 거병했다는 소식은 빠른 속도로 대륙 전체에 퍼져 나갔다. 그 소식은 연합군이 괴멸하고 절망에 빠져 있는 대륙의 희망일 수밖에 없었다.

　난세는 영웅을 부른다고 하였던가. 그 시기에 맞춰서 각 지역에서 뜻있는 사람들이 거병을 거듭하였다. 작은 규모로는 수백, 많으면 수천에 이르는 병력들은 각기 가깝거나 먼 거리를 이동하여 카이스의 군세에 합류하였다.

　출신은 제각기 달랐다. 지방의 별 볼일 없는 영지를 꾸려나가던 귀족에서부터, 상인, 도적, 소작농까지. 뿐만 아니라 마법사 길드의 구성원들과 용병 길드, 심지어 음지의 도적 길드까지 카이스의 앞에 무릎을 꿇으며 말했다.

　"카일 대공 전하의 아드님이시자 드래곤 슬레이어 카이스 님의 밑에서 싸우고 싶어서 멀리서 찾아왔습니다!"

　"잘 오셨습니다."

　카이스는 그런 그들을 환영하며 받아들였다.

　7만에 불과했던 군세가 하루가 다르게 불어나며 어느덧 10만을 넘기고 15만에 도달하였다. 전장으로 향하는 행렬이 길어지고 계속해서 규모가 커져 갔다.

　조엘이 말한 그대로였다. 옳은 곳을 향해 걷는다면 같이 길을 걷는 사람을 만나는 법. 카일 기사단의 깃발을 향해 사람들이 모이는 것은 당연한 일이었다.

병력이 늘어나는 것은 좋았지만 부가적인 문제도 있었다. 일단 무기나 보급 문제도 심각했지만, 훈련되지 못한 인원들이 다수 포함되어 있는데다가 명확한 지휘 체계도 잡혀 있지 않았다. 각 병력들을 적재적소에 분배하고 명령에 따라서 원활하게 움직일 수 있도록 짧은 시간 만에 훈련시킨다는 것은 엄청나게 어려운 일이었다. 일단 경험 많은 용병들이 지휘에 도움을 줄 수 있었는데, 역시 여기에서도 가장 큰 힘이 되어 준 것은 바로 조엘이었다. 그는 바라드와 함께 100년 전의 전쟁을 겪었던 인물. 지금과 마찬가지로 훈련되지 못한 이들과 함께 열세의 전장에 있던 산증인이었다.

그러나 계속해서 들어오는 사람들을 편성, 배치하고 훈련시키는 과정에서 조엘의 건강은 급속도로 나빠져 갔다. 생명에는 지장이 없다지만 그는 엘릭서가 없는 한 치유하지 못하는 중상을 안고 있었다. 당연히 그로서는 강행군을 버티지 못하였다.

하루하루 혈색도 나빠져 조엘은 하루에 5년은 늙어가는 것처럼 눈에 띄게 노쇠해져 갔다. 몸 상태가 좋아지면 다시 원래대로 돌아오겠지만, 이대로 격무에 시달리면 20년을 기다리기는커녕 일주일도 버티지 못하고 영영 쓰러져 버릴 것만 같았다. 그래서 카이스는 그를 쉬게 할 수밖에 없었다.

“조엘님은 공국으로 돌아가서 몸을 돌보세요.”

“도련님, 지금 제가 빠지면 안 됩니다. 제가 가장 필요한 때에……”

“괜찮아요. 지금까지라도 도와주신 것만으로도 충분합니다. 공국으로 돌아가세요. 이건 부탁이기도 하고, 현 단장이자 대공으로서 내리는 명령이기도 합니다.”

조엘은 끝까지 남겠다고 고집을 피웠지만, 계속 무리를 시키다가 더욱 몸이 상하게 되면 이후 아버지를 볼 면목이 없을 거라는 카이스의 말에 따를 수밖에 없었다.

“도련님이 그렇게 말씀하시면 거절할 수 없잖습니까.”

조엘은 그렇게 말하며 카이스의 말에 따르기로 하였다.

바라드는 조엘을 카일 공국으로 공간 이동시키면서 곧 200살이 되는 자신의 몸은 걱정이 안 되냐면서 평소처럼 투덜거렸지만, 카이스도 그를 다루는 법을 조금은 알았다.

“아저씨께선 아직 정정하시잖아요. 그리고 정말 쉽게 해드린다면 이후 제 아버지를 어떤 얼굴로 보시려구요?”

“…또 그 수법이냐?”

그리곤 바라드는 다시 병력들을 살피러 나섰다. 그가 뒤돌아서며 작은 목소리로 ‘뭐, 이미 카일을 볼 면목은 없지만…’이라고 중얼거리는 것을 들었지만, 카이스는 크게 신경 쓰지 않았다.

바쁜 시간이 흐르며 병력은 계속해서 모여갔다. 재편성을 하루에도 몇 번이나 반복하고 얼마 되지 않는 무기와 식량을 분배하며 진군을 거듭한 끝에, 성 리온 제국의 국경을 넘어 수라장이 되어 있는 에벨 연합의 북부 접경지대에 도착할 수 있었다.

이미 라이덴 제국의 침공은 이곳까지 도달해 있었다. 지평선 멀리서 전운을 품은 불길한 바람이 불어왔다.

하지만 카이스의 전쟁은 지금부터 시작되었을 뿐이다.

그는 주먹을 불끈 쥐며 소리쳤다.

"전군, 진군한다!!"

참혹한 광경을 볼 것이라고 예상은 하고 있었다. 무엇을 보든 덤덤하게 받아들이리라고 각오도 했다. 카이스도 나름 수라장을 겪어오며 살아왔지 않은가. 그러나 전쟁 지역에 펼쳐진 풍경은 카이스의 각오를 무너뜨리기에 충분했다.

살아 있는 존재를 싸잡아 죽이고 약탈과 방화가 이어진 현장에 생지옥이라는 표현 이외에 무엇이 적합할까. 폐허가 된 마을과 도시, 무너져 내린 성곽은 죽음의 냄새가 가득했다. 참화를 피해 살아남은 사람이 없는 건 아니었지만, 그런 자들은 마치 혼이 나간 것처럼 살아 있어도 산 게 아닌 것과 다름없었다.

피에 젖은 땅, 타들어간 시체와 무너진 건물의 잔해들은 끝없이 이어졌다.

이건 정복을 위한 전쟁이 아니었다. 학살이다.

외면할 수 없는 현실 속에서 카이스는 피눈물을 삼키며 어린 시절 알고 지낸 동생이 어떻게 이런 짓을 저지를 수 있는지 생각해 보려고 했지만 그로선 도저히 이해할 수 없었다.

마침내 라이덴 제국의 군세를 만나게 된 것은 참상을 목격하기 시작한 지 보름이 지난 뒤였다.

카이스의 병력은 대략 20만. 다행히 저 멀리 나타난 라이덴 제국의 병력은 추정 8만. 상대는 주력이 아닌 모양인 듯 숫자로만 본다면 이쪽이 우세했다.

카이스는 지휘부와 상의 끝에 공격을 결정했다.

"전군… 공격!!"

"와아아아!!"

곧 피로 물들 벌판을 빠른 속도로 달려가며 카이스는 이를 악물었다.

CHAPTER 3
수백만의 피를 요구하는 대의

BLAST

땅을 울리는 진동과 함성, 그리고 먼지바람.

전쟁의 개시와 함께 벌어지는 돌격의 선두에서 카이스는 적진을 향해서 바람처럼 쏘아져 나갔다. 연합군의 중추인 그가 가장 먼저 적들에게 덤벼든다는 것은 어찌 보면 무모해 보일 수도 있는 행동이지만 합리적이고 당연한 판단이었다.

전장에서 병력이 충돌할 때, 숫자의 차이나 전략만큼이나 무시하지 못하는 것이 바로 흐름이다. 공격 시 병력은 흐름을 타고 돌격하게 된다. 그러나 그 흐름이 막힌다면? 교통체증이 일어나듯 멈춰 서게 되고 기세를 잃게 된다.

그 흐름을 잃지 않기 위해서 언제나 전장의 선두는 마나 유저로 구성된 기사단이 맡는다. 강력한 기사단이 적들의 흐름을 뚫고 단숨에 돌파하면 적들은 사기를 잃고 통제도 힘들어지기 때문이다.

그렇기에 전쟁은 기사단의 제압에서부터 시작된다고 보아도 과언이 아니었다.

하늘에서는 화살이 비 오듯 쏟아지고 있었다. 카이스는 호신강기를 끌어올린 상태이기에 화살 따윈 염두에 두지 않고 돌격을 계속했다. 구름처럼 모인 8만 적병의 코앞에 그는 금방 도달할 수 있었다.

말과 중갑주로 무장한 기사들이 카이스를 저지하려 하였지만, 그에 맞서서 그는 검을 휘둘렀다.

"타하앗!!"

신검에 맺혀 찬연한 황금의 빛을 뿜어내는 검강의 길이는 무려 5미터에 육박했다. 검을 한 번 휘두르면 직경 10미터에 육박하는 반원형의 공간 내에 있는 모든 것들이 토막났다.

일검에 죽어 넘어진 적의 마나 유저는 10여 기가 넘었다. 거기서 멈추지 않고 카이스는 거듭해서 검을 휘두르며 피보라를 일으켰다.

마나 유저는 마나 유저가 맡는다. 그것이 당연한 규칙이지만 카이스를 막아설 인물은 거기에 없었다. 지금의 카이스를 막아낼 인간이 과연 대륙에 존재할지 의문이었다.

　질풍처럼 쏘아져 나가며 카이스는 엄청난 속도로 검을 휘두르길 반복하였다. 마치 개미 떼를 짓밟는 코끼리처럼, 카이스가 불과 일 분도 되지 않는 시간 동안 해치운 적병의 숫자는 수백여 명에 달했다.

　단 한 사람에 의해서 라이덴 제국의 병력은 돌격을 멈추고 어찌할 바를 몰라 했다. 카이스라는 코끼리를 피해 개미 떼는 사방팔방 흩어지며 지휘 체계를 잃어버렸다.

　그 뒤를 카일 기사단의 부하들과 성 리온 제국의 성기사들이 공격해 들어왔다. 적군의 마나 유저들은 카이스의 손에 이미 괴멸당한 상태인지라 그 누구도 그들을 막아내지 못했다.

　바라드를 비롯한 라팔 마법 연맹의 마법사들의 활약도 빼놓을 수 없었다. 사방팔방에서 그들이 전개한 마법이 폭발하고, 행여 적군 측에서 마법이 날아오더라도 결코 아군에게 명중시키지 않게 요격해 냈다.

　성 리온 제국의 정규군과 노련한 용병들의 지휘로 움직이는 일반병들이 공격해 들어갈 때엔 이미 라이덴 제국의 병력은 3할 이상의 병력을 잃고 후퇴하기 바쁠 뿐이었다.

　전투가 끝나자 적들은 반 이상의 병력을 잃고 후퇴하였다. 카이스의 군세 피해는 불과 1만 정도였으니 압승이라 할 수 있었다. 첫 전투에서 첫 단추를 잘 끼운 셈이다. 카이스의 군세는 사기가 하늘을 찔렀다.

　승리를 거둔 그들은 진격을 계속했다. 번영했던 도시는 남 김없이 잿더미로 변해 있었다. 저항 여부를 가리지 않고 어린 아이까지 깡그리 살육한 그 손속은 몇 번을 봐도 구역질이 절로 나오는 것이었다. 뿐만 아니라 라이텐 제국은 힘없는 피난민들에게도 손을 댄 모양이었다.

　이대로라면 만약 전쟁에서 승리하더라도 잿더미로 변한 영토밖에 손에 얻지 못할 것이 분명하다. 그럼에도 이렇듯 잔혹한 짓을 저지르는 이유는 뻔했다. 카이스의 군세가 현지에서 보급을 받지 못하도록, 그리고 더 이상 군세가 늘어나는 것을 방지하기 위함이리라.

　끔찍한 방법이지만 효과는 확실했다. 합류하는 병력이 급격히 줄어들었고, 이미 20만까지 불어난 병력 때문에 준비한 군량은 빠른 속도로 줄어들고 있는데 보급을 받을 수 있을 거라 예상한 장소에선 오히려 도움이 필요하면 했지 도와줄 여력은 없어 보였다.

　준비할 수 있는 한계까지 모조리 긁어모아서 출진 시 반년치의 군량을 준비했건만, 이제 아껴 먹어도 두 달도 버티지 못할 양만이 남았다. 앞으로도 이렇듯 보급이 안 된다면 이는 보통 심각한 일이 아니었다.

　매일 밤마다 그것 때문에 머리를 맞대보았지만 딱히 답이 나오진 않았다.

　"음, 이렇게 되면 속전속결로 각개격파하는 방법뿐이겠지."

바라드는 군량이 떨어지기 전에 최대한 서둘러서 적의 주력과 담판을 지어야 한다고 의견을 내놓았다.

"하지만 병력에서부터 열세입니다."

"라이덴 제국의 총병력은 50만을 상회합니다."

"지금 숫자 따윈 무의미하다. 나와 카일 기사단이 건재한 이상, 이쪽을 막아낼 힘이 놈들에겐 없어. 게다가 놈들은 고맙게도 지금 흩어져 있지 않느냐?"

바라드는 1초의 주저함도 없이 열세라는 의견을 무시해 버렸다. 좀 억지스럽긴 했지만 거기에 반박하는 사람은 없었다.

"신의 철퇴가 다시 사용될 경우도 염두에 둬야 합니다."

"그건 별도로 조사를 진행하고 있으니 기다려. 나도 그 빌어먹을 최종 병기에 대한 걱정이 이만저만이 아니다만, 위치가 밝혀지지 않은 이상 그걸 폐기하는 것은 불가능하다. 그리고 놈들도 섣불리 사용하진 않을 것이야. 원했다면 진즉에 우리를 날려 버렸겠지."

회의가 계속되는 도중, 밖에서 척후 임무를 맡은 지휘관이 임시 천막 안으로 뛰어들어 오며 외쳤다.

"전방에 농성 중인 성을 공격하는 적군을 발견하였습니다! 본대는 아닌 것으로 추정되며 그 숫자는 약 5만! 지시를 내려 주십시오!"

"아직 함락되지 않은 도시가 있었던 것인가?"

모든 이들의 시선이 바라드에게 모였다. 지금 실질적으로 군세를 지휘하고 이끌어 나가는 것은 카이스가 아니라 그였기 때문이다. 바라드는 소리쳤다.

"속전속결이지! 전군 공격 준비!"

*　　　*　　　*

두 번째 전투.

세 방향으로 갈라진 연합군 병력이 공성 중인 라이덴 제국군을 급습하였다. 이번에도 마찬가지로 각 군세의 선두엔 기사단이 있었고, 그 뒤를 마법사들이 타격하고 병사들이 치는 순서였다.

카이스를 비롯한 카일 기사단의 활약은 이번에도 눈부셨다. 그들이 스쳐 지나가는 곳엔 피보라가 몰아쳤다. 일당천이라고 해도 과언이 아닐 정도였다.

하지만 이번 전투에서 진정한 힘을 발휘한 것은 검이 아닌 마법이었다. 전장에서 마법사보다 두려운 존재는 없다. 마법은 일대일의 대결에선 불리할 수 있겠지만, 다수를 상대론 압도적인 파괴력을 보인다. 특히 그 상대가 바라드처럼 8서클을 마스터한 대마법사라면 두말할 나위가 없다. 전원 6서클 마스터 급 이상인 라팔 마법 연맹의 마법사들까지 포함된다면 대학살이 벌어진다.

바라드의 존재는 카이스 측에겐 언제나 그랬듯 전율이 일

정도로 강력한 우군이었지만, 적들에겐 재앙이었다.

전장의 하늘 높이 떠올라서 적군이 밀집되어 있는 곳마다 고위급 광역 마법을 시전하면 불기둥이 치솟고 대지에 눈보라와 뇌전이 몰아치며 한 방에 수백, 수천이 몰살당했다. 바라드와 마법 연맹의 마법사들이 처치한 적병의 숫자는 만 단위에 달할 정도였다.

"내가 말했지? 이 몸을 상대로 숫자 따윈 무의미하다니까!"

전투가 중반으로 접어들어 병사들이 난전으로 뒤섞여 싸우게 되면 강력한 마법으로 몰살시키는 것은 한계에 부딪치지만, 처음에 그 정도로 기선 제압을 해놓으니 지려고 해도 질 수가 없었다.

잠시 후, 승전을 알리는 카일 기사단의 깃발이 전장 한가운데에서 펄럭이기 시작하였다.

연승의 두 번째 계단을 딛고 올라간 것이다.

아직 그들이 패배할 이유 따윈 존재하지 않았다.

카이스는 연기가 피어오르는 전장에서 부상자를 수습하고 포로 명단을 확인하였다.

자신이 심문을 할 것도 아니니 그냥 대충 보고 흘려 버리는 게 보통이었겠지만, 거기서 적의 지휘부에 있었던 포로의 이름 중 하나를 확인하고 직접 만나보기로 결정하였다.

포박되어 있는 포로를 직접 보니 과연 자신이 이름을 잘못 기억하고 있는 게 아니다 싶었다. 벨크레아 교육원에 있을 때 보았던 라이덴 제국 출신의 학생이었다. 이름은 리키.

"오랜만이군."

그도 카이스를 알아본 모양이었다.

"나를 만나고 싶다는 사람이 누구인가 궁금했는데… 카이스 학장부관 당신일 줄이야."

친분이 있던 것도, 자신의 강의를 들었던 학생도 아니었지만 검술부에 들락날락할 때 몇 번이나 보았던 기억이 났다.

"설마 옛날이야기라도 하고 싶은 것은 아닐 테고… 유감이지만 별로 아는 게 없어서 정보를 얻기도 힘들 겁니다."

진 입장에서 무슨 말을 할 수 있겠는가. 죽음을 각오한 리키는 빈정거리는 태도를 보일 뿐이었다. 반면에 카이스는 물결 하나 일지 않는 호수처럼 감정의 동요를 보이지 않는 모습으로 입을 열었다.

"한 가지 묻고 싶은 게 있다."

카이스가 리키에게 물어본 것은 뭣 때문에 이 전쟁에 참여하고 있는가 하는 그런 단순한 질문이었다.

거기에 리키는 기다렸다는 듯 포박된 상태에서도 꼿꼿하게 허리를 세우고 소리쳤다. 무시당하는 제국의 자존심에 강인한 신황제 폐하 브리언의 의지가 부합되었기 때문이라고…

결국은 이 모든 것이 대륙의 평화를 이루기 위한 발걸음이라고 거창하게 치장된 주장이었다.

"그 모든 것이 대의(大義)를 위함이오!"

"대의라… 대의란 말이지?"

카이스는 대의라는 그 단어를 몇 번이나 혼자서 읊조리다가 강한 어조로 되물었다.

"네가 믿는 그런 대의가 지금 무슨 일을 일으키고 있는지 모르겠나? 다시 묻겠는데, 너는 정말 그 대의가 옳다고 생각하나? 스스로 네 가슴에 물어 대답하라!"

"…큭."

그가 대답하지 못하자 카이스는 어두운 얼굴로 쐐기를 박았다.

"수십, 수백만의 피가 필요한 대의가 옳을 리 없다."

리키의 가슴에 숨기고 있던 동요를 그대로 꿰뚫는 한마디. 그도 이런 전쟁이 달갑진 않았을 것이다. 다만 흘리듯 위에서 달려나가는 그대로… 일그러진 것을 믿고 움직였을 뿐.

"다… 당신이라고 뭐가 다르오? 내가 못 본 것 같소? 당신이 수천, 수만의 인간을 베고 시체의 산, 피의 바다를 만드는 모습을!"

차마 인정하지 못하니 상대의 꼬투리를 잡으려는 말이었다.

"그래, 행동 자체는 다를 바가 없다. 하지만… 살아남기 위함이라는 게 다르지. 그러기 위해서 나는 앞으로도 마찬가지로 싸울 거다."

"……."

카이스는 리키의 포박을 풀어줬다. 직접 사사한 제자는 아니었지만 그래도 같은 곳에 머무르며 교수와 제자라는 직위로 1년을 보냈던 이상, 카이스가 자신의 손으로 리키의 목을 벨 리가 없었다.

리키는 생기를 잃고 힘없이 의자에서 일어나며 말했다.

"나 하나를 바꿔도… 아니, 많은 사람을 바꿔보려고 해도 브리언 폐하가 있는 한 변하는 건 없을 겁니다. 당신이 아무리 강하더라도 그분에겐 이길 수 없을 테니까."

"…참고하지."

＊　　＊　　＊

이후로도 두 차례의 전투에서 라이덴 제국은 패배를 경험하였다. 연전연패를 당하니 라이덴 제국 군영에선 긴장이 감돌았다.

총 네 차례의 패배를 겪고 난 이후에야 그들은 어째서 패배하게 되었는지 이유를 배울 수 있었다.

이유는 명백했다. 그들은 대항군을 너무 우습게 봤다. 100년 전과는 다르다고 섣불리 단정지어 버렸기 때문이다.

지금처럼 병력을 쪼개서 점령전에 들어가지 않고, 처음부터 대항군을 주적으로 단정 짓고 전면전을 펼쳤으면 이 정도로 심한 손실을 보진 않았을 것이다.

이제야 그들은 적을 인정하고 진지하게 생각하기 시작한 것이다.

"적군의 선두에 있는 카일 기사단과 라팔 마법 연맹의 힘이 너무 강력합니다."

"그토록 강할 줄은 생각도 하지 못했습니다."

"100년 전 리마 제국 전쟁 때에도 그들이 중심에 있던 건 마찬가지였소. 우리가 너무 가볍게 본 것이지."

"우리 궁정마법사들과 기사단은 건재하지만……."

"그 두 세력을 어떻게 찍어 누를 수 있을지가 문제군요."

승리의 키는 바로 그것이었다. 카일 기사단의 카이스와 라팔 마법 연맹의 바라드. 두 사람을 제압할 수만 있다면 남은 병력은 크게 무섭지 않다. 하지만 그럴 자신이 없으니 문제인 것이다. 역으로 제압당하면 전세가 완전히 기울어 버릴 수도 있었다.

작전회의를 지켜보던 브리언이 비웃으며 끼어들었다.

"그러게 짐이 말하지 않았던가, 쉬운 승리를 얻을 수 있는 방법이 있다고. 그걸 반대한 것은 그대들이지. 킥킥킥."

연전연패를 당한 것이 흡사 남의 일인 양 브리언은 비웃음까지 보이며 웃고 있었다.

　그 웃음소리가 너무 기괴하여 장군들은 소름이 돋았지만 함부로 입을 열진 못하였다. 그때 브리언이 말을 이었다.
　"그대들의 능력을 보는 것은 여기까지다. 이젠 짐이 나설 차례가 온 것 같군."
　브리언은 신검 프로비던스를 들며 명령했다.
　"전 병력을 집결시켜라. 짐이 적의 힘을 가늠해 보리라."

*　　　*　　　*

　연합군의 군세는 거듭되는 전투로 병력이 15만까지 줄어들어 있는 상태였다. 아무리 선두에 압도적인 힘을 지닌 카일 기사단과 바라드의 라팔 마법 연맹, 성기사단이 있다고 하더라도 결국 병사들에 의한 난전을 거치지 않으면 승리를 거머쥐지 못한다. 물론 전투를 치르며 아무런 피해가 없을 수는 없었다. 이 정도의 병력을 유지하고 있는 것만으로도 놀랍다고 할 수 있었다.
　거듭되는 강행군과 전투로 인해서 피로도 컸지만 연전연승으로 사기는 높았다.
　반면에 지휘부에선 팽팽한 긴장감이 흐르고 있었다.
　무슨 일이 일어날 거라는 기미가 느껴졌다. 산개하여 곳곳에 흩어져 있던 라이덴 제국의 병사들이 모두 철수하고 있다는 소식이 들려왔기 때문이다.

이내 지휘부 총회의가 열렸고, 바라드가 중얼거렸다.

"문제는 이게 무엇을 위한 철수인가, 라는 것인데……."

최악의 경우라면 놈들이 다시 신의 철퇴를 날리기 위해서 병력을 빼는 것이었다. 그 이외의 경우라면 병력을 한곳에 모아서 최종전을 준비한다는 가정을 들 수 있다. 의견은 이 두 가지로 좁혀졌다.

"어딜 봐도 좋은 기미는 아니군."

거듭된 승리로 라이덴 제국의 총병력은 40만 내외로 줄어들었을 것으로 예측되었지만, 그래도 두 배 이상의 차이는 컸다. 25만이라는 차이는 기사단이나 마법사로 감당할 수 있는 수준이 아니었다.

"철퇴의 사용은 더 이상 하지 않으려 할 거라는 게 바라드 님의 의견이었으니 병력을 모아서 한 번에 덮쳐 오려는 생각이 아니겠습니까?"

바라드는 고개를 저었다.

"그건 어디까지나 상식이 통하는 놈이거나 적당히 미친놈이라면 그럴 거라는 예상이었다. 그놈은 내 상상 이상으로 미친놈 같으니 또다시 미친 짓을 할 수도 있겠지."

"철퇴가 어디서 발사되는지는 아직 확인되지 않았습니까?"

"붉은빛이 라이덴 제국 북부에서 쏘아졌다는 건 확인했지만… 아직 정확한 위치까진 잡지 못했다. 근거지를 잡으면 연락이 올 거야."

그때 카이스가 의견을 말했다.

"아마… 놈은 직접 부딪쳐 올 생각일 거예요."

"그 근거는?"

"단순한 감입니다. 그 녀석, 많이 강해졌으니까 적어도 한 번은 나와 싸우려 들 겁니다."

감을 믿고 공격해 오길 기다리는 건 아무래도 불안하지만, 그 이외에 선택의 여지가 없는 것도 사실이었다. 그렇기에 그들은 주둔하고 군사를 재정비할 수밖에 없었다.

카이스의 감이 맞았다. 철퇴로 반 토막이 난 황금평야의 북부에서 라이덴 제국의 전 병력이 집결하여 공격 준비를 하고 있다는 첩보가 들어왔다.

"힘겨운 싸움이 되겠군."

여태까지처럼 숫자상으로 우위에 있던 싸움이 아닌, 압도적인 열세에서 치러질 전면전이 시작되려 하였다.

CHAPTER 4
승자도 패자도 없었다

BLAST

연합군과 라이덴 제국의 군세의 싸움이 결국 시작되었다. 아무런 필승책도 찾지 못한 상태에서 말이다.

평원을 새카맣게 가득 채우고 돌진해 오는 라이덴 제국의 병력은 보고 있기만 해도 몸이 떨려올 만큼 엄청난 숫자였다. 오금이 저렸지만 여기서 후퇴할 순 없었다. 군량도 바닥나 가고 더 이상 합류하는 병력도 없었다. 목숨 걸고 싸워 이기지 않는다면, 더 이상 대륙의 미래는 없는 것이다.

적군은 W 자 형태로 두 갈래로 나뉘어서 다가오는 중이었다. 아마 한편은 라이덴 제국이 자랑하는 최강의 기사단 천둥 기사단이 선두에 있을 것이고, 나머지 한편에는 뇌전 기사단이 있으리라.

각기 열 명이 넘는 소드 마스터가 소속되어 있다. 황제 곁을 지키는 근위기사단까지 포함하면 적군의 소드 마스터는 30명을 넘을 터. 언제나 선두에서 적들의 돌격을 저지하고 돌파구를 열어온 카일 기사단이라도 긴장하지 않을 수 없었다.

미리 세워놓은 계획 그대로 카이스는 홀로 좌익을 노리고, 나머지 다섯 명의 단원은 우익으로 갈라졌다. 극단적인 분배일 수도 있겠지만, 카이스 한 사람의 힘이 나머지 단원들보다 강하니 당연한 선택이었다.

쿠쿠쿠쿠쿠쿠.

"우와아아아아!!"

대지가 울부짖으며 수십만의 함성이 하나가 되어 우레와 같은 소리를 내고 있었다.

비 오듯 쏟아지는 화살들을 돌파하며 카이스는 공격 사정거리까지 접근했다.

"타하앗!!"

카이스의 몸이 허공을 차고 하늘 높이 솟아올랐다. 신검 이니그마에 금빛 섬광이 당장에라도 폭발할 것처럼 충만하자 카이스는 적 기사단의 한가운데를 노리고 검을 휘둘렀다.

"무극선풍!!"

콰콰콰콰!

회전하는 강기의 선풍이 적 기사단을 찢어버리기 위해 뿜어져 나갔다.

기선을 제압하기 위한 기술이었지만, 적들도 가만히 앉아서 당하고 있진 않았다. 찬연히 빛나는 푸른 검강을 휘두르며 적들도 큰 기술로 무극선풍에 대응해 왔다. 죽음의 유성우, 세이레 마시우스였다.

개개인의 힘은 카이스의 한 수 아래라도 열 명에 가까운 소드 마스터가 비기를 전개하니 무극선풍은 허무하게 막히고, 도리어 강기의 비가 카이스에게 쏟아졌다.

하나 거기에 당할 카이스가 아니었다. 카이스는 허공에서 신기에 가까운 신법으로 모든 공격을 피해냈다. 마지막으로 공중제비를 돌면서 한계까지 끌어올린 마나 때문에 신검에서 돌아오는 반발을 죽일 때 즈음, 적 기사단은 코앞에서 카이스에게 검을 휘둘러 오고 있었다. 바로 뇌전 기사단이었다.

결투가 아닌 전쟁이다. 다 대 일의 싸움으로 전개되는 것은 당연한 것. 카이스를 노리고 적은 세 방향에서 돌격해 오던 기세 그대로 검을 찔러 들어왔다.

카이스는 땅바닥에 착지하자마자 검을 휘둘렀다.

카카캉!

한 합의 공방 만에 적들의 검이 배겨나질 못했다. 잘려 나가고 터져 나가며 주변으로 파편이 튀었다.

적의 돌격이 멈췄다. 카이스가 거리를 좁혀서 단숨에 무방비가 된 세 사람의 목숨을 취하려는 순간, 주춤하고 있는 그들의 뒤에서 네 명의 기사가 '획!' 하고 머리 위를 뛰어넘어 카이스를 노렸다.

이런 방식의 합동 공격을 상당히 훈련하고 있던 모양인지 카이스도 감히 무시하지 못하고 몸을 뒤로 날려서 힙격을 피할 수밖에 없었다.

그 틈에 두 사람의 소드 마스터가 더 가세했다. 그리고 그 주변으로 아직 소드 마스터엔 이르지 못했지만 최소 익스퍼트 상급의 기사들이 카이스의 주변을 둘러쌌다. 뇌전 기사단의 단장쯤 되어 보이는 남자가 경탄하며 말했다.

"과연! 그대가 카일 기사단의 단장인가! 홀로 돌격해 올 만한 실력이로다!"

소드 마스터 일곱 명에 상급의 익스퍼트가 최소 스물. 카이스가 여태껏 경험해 본 적이 없는 숫자의 싸움이었다. 그러나 카이스는 긴장하여 굳어지는 대신 한 번의 공방에서 얻어낸 것을 분석하였다. 편차가 있긴 했지만 전반적으로 소드 마스터 개인의 제논 수치는 6만 내외. 옛날에 싸웠던 라티노 백작보다 조금 떨어지는 수준이라 최저 10만 이상인 카일 기사단과 비교할 정도는 아니었다.

'이 정도라면……'

카이스는 속으로 미소 지었다. 무시하지 못할 강자들이긴 하지만 제논 수치 50만을 넘어서는 카이스의 상대는 아니었다. 그는 이미 몇 차례나 카일 기사단 부하들의 합격을 홀로 모조리 제압해 오지 않았던가!

문제는 이들을 제압하고 나서 얼마나 되는 여력을 남기느냐이다. 기사단만 제압하고 힘을 모조리 써선 안 될 이야기였다.

카이스는 내공을 끌어올리며 신검을 고쳐 쥐고 검강의 기세를 높였다.

'단숨에 끝낸다.'

결심을 내린 그는 신법을 전개하며 정면으로 덤벼들었다.

"벌써 시작했구만!"

요란하게 울려 퍼지는 검강과 검강의 충격음. 좌익으로 향한 카이스가 한바탕 적 기사단과 전투를 시작하였다는 신호나 마찬가지였다.

"단장님이라면 문제없을 겁니다."

그리고 이쪽도 천둥 기사단과의 대결이 시작되려는 참이었다. 카일 기사단원들은 한눈파는 걸 그만두고 시선을 적에게 집중했다.

"우리가 어째서 대륙 최강이라고 불리는지 알려주마!"

"주신의 가호를!"

"단장님께 질 순 없지!"

"이야아압!!"

두 장소에서 전투가 시작되었다.

카이스의 검이 번득이고 황금빛 섬광이 주변으로 퍼지며 단숨에 적들을 몰아쳐 갔다.

카이스의 검은 검강이 맺힌 검을 부숴 버리고, 동시에 갑옷째로 적을 도륙했다. 일 합을 버텨내는 것도 버겁다. 천하의 카일 기사단 단장을 상대로 누가 방심을 했겠냐만, 방심이고 나발이고 할 것 없이 역량의 차이가 너무나도 컸다.

그는 단숨에 한 명의 소드 마스터를 토막냈다. 동요와 공포가 퍼질 틈도 주지 않고 카이스는 전광석화처럼 검을 휘두르며 단숨에 적들을 몰아붙였다.

카이스의 무위(武威)는 무신(武神)이 따로 없는 경지였다.

"이럴 수가!"

경악하지 않을 수 없었다. 순식간에 소드 마스터의 반절이 속수무책으로 당했다. 그럼에도 카이스의 기세는 멈추지 않았다. 처음부터 그에게 숫자 따윈 상관없었다.

불과 10분.

뇌전 기사단이 일인을 상대로 괴멸 직전에까지 몰리는 데 걸린 시간이었다.

남은 소드 마스터는 불과 둘, 익스퍼트는 다섯. 카이스가 이만 마무리를 지으려는 순간이었다.

"거기까지!"

우렁찬 목소리와 함께 한 사람이 전투에 끼어들었다.

상대하고 있는 자들보다 몇 배는 더 강맹한 검강이 카이스에게 닥쳐왔다.

'올 것이 왔구나!'

마침내 브리언이 나타났다! 카이스는 긴장하며 공격을 받아냈다.

콰쾅!

소리부터가 달랐다. 위력과 속도 또한 지금까지 상대했던 뇌전 기사단의 기사들과 차원이 달랐다. 맞받아치는 게 아니라 받아내는 데에 집중했음에도 전해지는 충격에 온몸에 찌르르 전율이 느껴질 정도다.

"모두 물러서라. 짐이 상대하겠다."

붉은색의 중갑주를 차려입은 브리언이 눈에 들어왔다. 그 얼굴을 보니 전쟁을 겪으며 봐왔던 참상들이 카이스의 머릿속을 스쳐 지나갔다. 잔인하게 학살당한 시체의 산, 불타 버린 마을들… 이 모든 것을 초래한 원흉이 눈앞에 있다. 카이스는 분노가 치밀어 올라 하마터면 이성을 잃을 뻔했다.

브리언은 뻔뻔하게도 웃으며 인사를 해왔다.

"형, 다시 만났네."

"…이노옴!!"

그 무신경한 인사가 카이스의 인내의 한계를 넘어서게 만들었다. 카이스는 참지 못하고 검을 휘둘렀다.

쾅!

그러나 브리언은 어렵지 않게 공격을 막아냈다. 분노에 눈이 흐려졌다고 하더라도 결코 위력이 떨어지는 공격이 아니었음에도 말이다.

서로 검을 마주 대고 밀어붙이는 힘겨루기에 들어섰다. 카이스의 금빛 검강과 브리언의 푸른빛 검강이 충돌하며 주변으로 엄청난 불꽃이 튀었다.

잔뜩 열 받은 카이스와는 대조적으로 브리언은 여유까지 보이며 한국어로 말을 걸어왔다.

"형은 여전히 성격이 급하군. 서두를 필요 없잖아? 어렵게 준비한 무대인데, 천천히 즐기면서 놀아보자고."

"최자기! 만날 두들겨 맞고 울던 놈이 꽤나 건방져 졌는데?"

"…최자기는 죽었다니까! 나는 브리언이다!"

여전히 자신의 본명이 상당히 거슬리는지 발끈하는 브리언이었다. 카이스는 코웃음을 치며 가까이 붙어 있는 브리언의 다리를 노리고 발길질을 했다. 그러나 예상하고 있었던지 브리언은 다리를 옆으로 움직이며 피했다.

간격이 벌어지고 검이 떨어지기 무섭게 두 사람은 동시에 검을 휘둘렀다.

쿠쾅!!

천둥이 치는 것 같은 소리와 그에 뒤지지 않는 불꽃이 마치 번개처럼 주변을 번쩍거리게 했다.

　단 세 합의 공방에서 카이스는 브리언의 수준을 가늠할 수 있었다.

　'강해!'

　인정하고 싶진 않지만 공격의 속도, 위력, 그리고 능숙한 대처까지 모든 면에서 자신에게 밀리지 않는 수준이었다.

　그건 여태까지 카이스가 상대해 왔던 '인간' 중에서 최강이라는 말이었다.

　호적수를 만난 것이다.

　카이스가 브리언과 일대일 대결을 시작할 무렵, 우익을 맡았던 카일 기사단의 단원들은 번개 기사단을 거의 제압할 수 있었다.

　"일대일 대결이라니, 단단히 미친놈이군."

　"단장님이 질 리가 없어."

　본격적으로 대결을 시작하기 전까지 카이스를 아는 사람은 모두 그렇게 생각했다.

　반면 브리언을 아는 인간들은 마찬가지로 자신들의 황제가 질 리가 없다고 확신을 하고 있었다.

　두 사람의 대결이 시작되자 소란스럽던 전장은 움직임을 잃었다. 60만이라는 숫자가 서로를 죽이기 위해서 무기를 들었지만, 그러한 사실을 모두 잊어버리고 멍하니 두 사람의 대결에 시선을 빼앗기고 있었다. 전쟁은 두 초인의 대결을 가운

데에 두고 멈춰 버렸다.

두 사람은 가공할 만한 속도로 상하좌우를 오가며 엄청난 대결을 펼치고 있었다. 지켜보는 사람들에겐 그들이 남기는 검광의 잔영과 울부짖는 검극, 흐릿한 잔영만이 눈에 들어왔다.

카일 기사단의 단원들은 대결을 넋 놓고 바라보면서 중얼거렸다.

"…단장님이랑 대등하게 싸우는 인간이 있을 줄이야."

그건 브리언의 곁을 지키던 이들도 마찬가지였다.

"폐하께 전혀 밀리지 않다니?!"

"저것이 카일 기사단의 단장인가……."

용호상박(龍虎相搏)이라는 표현 이외에 이 대결을 표현할 말이 있으랴.

"역사에 남을 거야."

역사적인 대결을 바라보는 사람들은 모두 이 대결의 승패가 전쟁의 승패를 결정지을 것이라고 직감했다.

생과 사가 눈앞에서 번개처럼 오고 갔다. 생을 점하기 위해서 검을 휘두르면 거짓말처럼 막아내는 브리언에게서 죽음을 고하기 위한 공격이 돌아왔다.

안력을 한계까지 끌어올려서 느리게 흘러가는 세상에서, 사람이 눈 한 번 깜빡하기도 부족한 시간 동안 몇 번이나 공격을 주고받았는지 몰랐다. 그런 순간에서도 카이스는 생각했다.

'이 녀석… 정말 강해졌구나.'

변해 버린 옛 동생에게 분노하면서도, 한편으론 감회가 새로웠다. 카이스가 기억하는 최자기는 매일 괴롭힘당하고 울상 지으며 자신에게 도와달라고 말하던, 그런 측은한 녀석이었다. 그런데 무슨 조화를 부렸는지 몰라도 에리온은 최자기를 자신과 동등한 수준의 무인으로 만들어놓은 것이다.

옛날 모습이 기억났다고 해도 카이스는 이 승부가 서로 손을 맞잡는 것처럼 극적인 화해로 끝나지 않을 거라는 걸 알았다. 에리온은 최자기를 강하게 만들어놓았지만, 더불어 그만큼 미치게 했다. 옛날처럼 머리에 알밤을 먹이는 정도로 저 광기가 사그라지진 않으리라.

애당초 저지른 짓이 워낙 엄청나다 보니 처음부터 화해는 염두에 두고 있지 않기도 했다. 카이스는 마음을 더욱 독하게 먹었다. 그리고 더욱 공격하는 데 힘을 보탰다.

인간의 한계를 멀찍이 뛰어넘은 두 초인의 싸움은 격렬하기 짝이 없었다. 대결의 여파로 주변 수백 미터가 황폐화될 정도였으니까.

멀찍이서 지켜보고 있던 마일이 중얼거렸다.

"예측하기 힘들군."

지금까지 봐선 거의 동등한 수준이니 한두 합 만에 결정될 승부가 아니었다. 수백, 수천 번의 기량을 주고받고 먼저 한 계를 보이는 사람이 지는 승부였다.

"그동안 얼마나 많은 것들을 쌓아왔느냐에 따라서 승패가 갈라질 거야."

"우리 단장이 겪어온 수라장은 결코 가볍지 않지!"

그들의 예측대로 집중 단련으로 수천 번의 패배를 딛고 일어선 카이스의 전투 능력은 브리언의 우위에 있었다.

엄청난 공방 끝에 브리언의 자세가 무너지기 시작하자 시노크가 주먹을 불끈 쥐며 말했다.

"역시 단장이 이겼군."

카이스는 그 기회를 놓치지 않았다. 브리언이 다시 안정되기 전에 노도와 같은 공격으로 그를 밀어붙였고, 끝내 결정적인 틈을 만들어냈다.

카이스의 검이 브리언의 목을 날려 버리는 대신에 목줄기 앞에서 멈췄다.

연합군 측에서 환호성이 터졌다. 승부가 결정지어졌다.

"넌 아직 어설퍼."

브리언은 아쉬운 표정을 지으며 중얼거렸다.

"내 실력으론 형을 이길 수 없는 건가?"

"이제 모두 끝났어! 전쟁은 여기까지다."

"과연 그럴까? 실력이 부족해도 아직 끝난 건 아니잖아?"

브리언은 패배를 인정하지 않고 카이스의 얼굴을 똑바로

바라보며 되물었다. 카이스는 살기등등한 얼굴로 브리언의 목덜미에 검을 더욱 가깝게 들이댔다. 검에 맺혀 있는 검강이 한층 더 날카로워졌다.

"그까짓 갑옷을 믿고 있진 않을 테고……. 내가 널 죽이지 않을 것 같냐?"

"아니, 형은 날 못 죽여."

"…역시 항복할 생각은 없는 모양이군."

"물론."

브리언은 목에 닿아 있는 검 따윈 아랑곳하지 않고 바닥에 늘어진 검을 고쳐 쥐려 했다. 다시 공격해 올 때까지 가만히 기다릴 수는 없는 노릇인지라 카이스는 망설이지 않고 브리언의 목덜미로 검을 찔러 들어갔다.

그런데 이해하지 못할 일이 일어났다. 검이 브리언의 목을 꿰뚫고 들어가는 대신 목덜미쯤에서 튕겨져 나온 것이었다. 이어서 브리언은 검을 휘두르며 카이스에게서 벗어났다.

'방금 뭐가 어떻게 된 거야?!'

방금 카이스가 브리언을 죽이려 했던 것은 결코 장난이 아니었다. 옛정을 버리고 망설임없이 단호하게 그는 브리언을 여기서 끝장내려 했다. 하지만 무방비나 다름없던 그가 도대체 무슨 수로 그걸 막아냈단 말인가?

상황은 다시 처음으로 돌아갔다. 전투 태세를 취하는 브리언을 바라보며 카이스는 생각했다.

'큰 내공을 동원한 것은 아니니 호신강기는 아니야. 반탄강기 같은 특별한 기술을 쓴 것 같지도 않은데?

무슨 수법으로 브리언이 목숨을 건졌는지 전혀 이해할 수가 없었다. 수법으로 한정해서 생각한 이유는, 브리언이 중갑옷을 걸치고 있긴 하지만 갑옷 따위가 자신의 공격을 막아낼 수 있으리라 생각하진 않았기 때문이다. 하나 카이스가 제대로 사고할 틈도 주지 않고 다시 브리언이 공격을 개시해 왔다.

대결이 재개되었다. 브리언의 실력은 무시 못할 수준이었지만 먼저 제압한 만큼, 감당하지 못할 레벨은 아니었다. 몇 분이 지나지 않아서 카이스는 다시 승리의 기회를 잡았다.

카이스의 검이 브리언의 투구에 그대로 내리꽂혔고, 이번에도 브리언은 방어하지 못했다. 더할 나위 없는 완벽한 일격이었다.

그러나 이게 어찌 된 일인가. 몸이 쇳덩이로 되어 있다고 해도 정수리에서부터 두 조각으로 쪼개지는 게 당연하련만, 브리언은 머리카락 단 한 올도 상하지 않은 상태로 비릿한 웃음을 지었다.

"…뭐야?!"

당혹해하는 카이스는 거기서 멈추지 않고 검을 휘둘렀다. 브리언은 공격을 받든 말든 가만히 서서 웃고 있었다. 카이스의 공격은 아까와 마찬가지로 튕겨 나왔다. 마치 악몽을 꾸는 듯한 기분이었다. 그러나 이번엔 무엇 때문인지 확실히 알 수 있었다.

'말도 안 돼!! 갑옷이었나?!'

브리언이 기세등등하게 소리쳤다.

"안 죽이는 게 아니라 죽이지 못한다는 걸 이해했겠지?!"

다시 브리언의 반격이 시작되었다. 이제 그의 전투 방식은 완전히 변했다. 갑옷을 믿고 방어 따윈 아예 신경도 쓰지 않은 채 무조건적으로 공격만을 반복했다. 모든 공격이 동귀어진의 수나 다름없었다.

실력적으로 큰 차이를 보이지 않는 상대가 너 죽고 나 죽자는 식으로 하는 공격은 통상 공격에 비해 몇 배는 더 위험하다. 몇 번이나 성과없는 공격을 반복하던 카이스는 단숨에 수세에 몰려 브리언의 무식한 공격을 근근이 받아낼 뿐이었다.

공격을 막아낼 때마다 카이스의 체력과 내공은 줄어들어 갔다. 반면에 브리언은 여전히 팔팔하게 날뛰었다. 오히려 공격하는 기세가 한층 더 강맹해진 것 같을 정도였다.

처음엔 지친 탓이라고 생각했다. 동귀어진에 가까운 수를 쓰고 있다고 하더라도 브리언의 움직임은 처음과 비교해서 나아진 것이 없었기 때문이다. 하지만 카이스는 금방 이유를 찾았다.

'검강이 강해졌어?!'

　브리언의 검에 맺혀 있는 검강의 위세가 점차 강대해져 가고 있었다. 그 밀도와 길이는 이미 카이스가 발휘할 수 있는 한계치를 월등히 넘어선 상태였다.

　브리언의 검은 라이덴 제국을 대표하는 신검 프로비던스였다. 카이스의 이니그마와 마찬가지로 주신 쿠베스가 만든 것이니 그 자체로는 우열을 가릴 수 없다고 봐야 했다.

　이니그마는 그 엄청난 강도 덕분에 얼마든지 내공을 퍼부어도 버텨내는 귀중한 무기였다. 그러나 일정 수준을 넘으면 검 자체의 반발이 지나치게 강해지기에 반발을 억제하며 내공을 컨트롤해야 가능한 한계가 존재했다. 카이스가 사용하는 것은 어디까지나 그 한계까지였다. 하지만 브리언은 어딜 봐도 그 이상의 힘을 발휘하고 있지 않은가!

　쾅! 콰쾅!

　"크윽!"

　충돌할 때마다 경악스러울 정도로 닥쳐오는 내공의 양이 늘어났다. 이미 1.5배 이상인데 거기서 그치지 않고 브리언은 검에 실은 내공을 더욱더 늘려갔다. 마치 자신을 조롱하고 있는 것 같았다.

　'저놈의 검은 반발이 없는 건가?!'

　한도 끝도 없이 마음껏 내공을 실을 수 있다는 가정 이외에 이 정도의 파워 업을 설명할 수 있는 건 없었다.

　다행히 검에 실리는 검강의 힘만이 강해지는 것이었으니

대처하지 못할 정도는 아니었다. 속도까지 더욱 빨라졌다면 카이스로서도 견뎌내기 힘들었을지 몰랐다.

카이스는 버텨냈다. 정에서 동으로, 동에서 정으로. 정면으로 받아내기 힘든 공격들을 모조리 옆으로 흘리고 역이용하면서 버텨냈다. 카이스의 방어는 견고했다. 반면, 승리를 확신하며 의기양양해하던 브리언의 얼굴은 점차 굳어갔다.

카이스는 몇 번이나 치명타를 날렸지만, 전과 마찬가지로 호숫가에 돌멩이를 던지는 것마냥 갑옷 앞에서 무의미하게 사그라졌다.

카이스는 일단 거리를 벌렸다. 피차 간에 공격이 안 먹히는 건 마찬가지이니 두 사람은 숨을 고르며 서로를 살폈다.

기량은 분명히 카이스가 앞선다. 그러나 브리언에겐 그 차이를 월등히 메우고도 남을 만한 검과 갑옷이 있다.

한계가 없는 검, 그리고 전혀 공격이 들어가지 않는 갑옷이 브리언에게 있는 한 승산은 없었다. 카이스는 호흡을 고르면서 생각했다.

'일단은 공격이 통해야 하는데……'

문득 에리온과의 대결을 떠올렸다. 공격이 통하지 않았던 건 그때도 마찬가지였다. 에리온은 브리언처럼 갑옷을 이용하는 게 아니라 강대한 마력을 바탕으로 물리방어막을 구축하여 카일 기사단 전원의 합공을 막아냈었다.

'큰 기술을 쓰는 수밖에 없겠군.'

마침 거리를 벌리고 있는 상태이니 딱 적당한 기회였다. 카이스는 심호흡을 하면서 무극승룡강을 준비했다. 무극승룡강이 통하지 않으면 카이스에겐 더 이상 브리언의 갑옷을 뚫을 수가 남지 않는다. 카이스에게 엄청난 마나가 집중되니 브리언도 마찬가지로 비장의 수를 준비하는 모양이었다.

건곤일척의 단판 승부. 두 사람의 내공이 순식간에 임계점까지 올라가기 시작하였다.

그때, 뒤늦게 바라드가 갑옷의 정체를 깨달았다.

"아뿔싸! 놈이 입고 있는 것은 신갑(神鉀) 스태그마다!"

그 목소리는 비명과도 같았다.

"스태그마라면… 설마?!"

"그래! 그 요정왕의 갑옷 말야!"

신화를 들으며 자란 사람들은 스태그마가 무엇인지 안다. 이니그마와 같은 주신의 다섯 신기 중 하나로, 요정왕의 상징인 최강의 갑옷이다.

"먼 옛날, 요정왕과 함께 정령계로 사라졌다고 들었는데요?"

"그게 왜 여기 있는지 내가 어떻게 알아!"

중요한 건 왜 있느냐가 아니다. 어떻게 하느냐는 것이다. 두 번 생각할 것도 없었다. 정말 스태그마가 전설 그대로라면 승산이 없으니 멈추게 해야 한다는 생각이 들 때 즈음, 카이스가 먼저 선방을 날렸다.

"무극승룡강!"

쿠오오오오!!

대지를 휘감고 용솟음치는 강기의 회오리는 빠른 속도로 부풀어 오르며 순식간에 브리언의 지척까지 사정권을 늘려갔다. 한데 브리언은 잠시 놀란 표정을 지었을 뿐, 별다른 움직임을 보이지 않았다. 나름대로 준비하고 있던 큰 기술을 전개하는 것도 아니고, 무극승룡강이 맹렬히 다가오는 것을 가만히 지켜보기만 했다.

무극승룡강은 순식간에 직경 백 미터를 넘어설 정도로 거대하게 부풀어 올라 브리언을 집어삼켰다. 카이스는 승리를 확신했다. 브레스를 상대로도 10초 이상을 견뎌내는 대기술이었다. 브리언이 입은 갑옷이 무엇이든 저걸 몸으로 받아낼 순 없을 터였다.

그러나 카이스는 잘못 생각했다. 신갑 스태그마는 신화 속에서 드래곤 브레스를 막아냈다는 굵직한 전설을 지닌 물건이었다. 그게 사실이라면 브레스에 미치지 못하는 무극승룡강을 막아내는 건 당연한 일이었다.

아니나 다를까, 무극승룡강은 빠른 속도로 와해되어 갔다. 전장을 완전히 집어삼킬 것만 같았던 회오리가 거짓말처럼 사라진 뒤에 드러난 브리언은 모습은 역시나 건재했다.

완전히 제압하지 못하더라도 최소한 갑옷에 상처라도 낼 수 있을 거라고 생각했던 카이스는 말문을 잃은 채로 눈을 크게 뜨고 브리언을 노려볼 뿐이었다.

짝짝짝짝.

브리언은 박수를 치면서 말했다.

"놀라운 기술이야. 스태그마가 없었으면 난 절대로 막지 못했겠는데?"

그리고 브리언은 망연자실해하고 있는 카이스를 바라보며 검을 치켜들었다.

"그럼 이젠 내 차례지?"

그에겐 무극승룡강과 충돌시키지 않고 아껴놓은 기술이 발동만을 기다리고 있지 않았던가! 카이스가 아차 하는 사이 그는 막대한 마나를 뿜어내며 아껴뒀던 비기를 펼쳤다.

"애너그램!!"

'세이레 마시우스가 아니야?!'

카이스로서도 처음 보는 기술이었다. 일단 큰 기술은 큰 기술로 대응하는 것이 기본이다. 아니면 아예 사용할 틈을 주지 않아야 한다. 그게 아니면 속수무책으로 미지의 기술을 감당해 낼 수밖에.

일단 카이스는 안력을 극한까지 올린 상태에서 브리언의 기술을 파악해 보려 노력했다. 검을 통해 구현하는 기술은 대부분이 강기를 이용한 찌르기거나 베기의 극대화일 뿐이다. 기껏해야 허와 실이 뒤섞여 있을 뿐, 마법보단 복잡도가 훨씬 낮다. 보면 충분히 알아챌 수 있다는 뜻이다.

그 애너그램이라는 기술은 영역을 반전시키고 일그러뜨리며 빠른 속도로 카이스에게 다가왔다.

'이건 뭐지?!'

보기엔 방출계의 기술인 것 같긴 한데 그 형태가 일반적이지 않았다. 세상이 물속에라도 들어가 있는 것마냥, 파동이 시야를 일그러뜨리며 엄청난 속도로 퍼져 나오고 있는 것처럼 보였다.

기술의 범위로 보아 섣불리 피하는 건 위험했다. 기껏해야 검으로 전개한 기술인데 겉보기가 무슨 상관이겠냐며 카이스는 공격을 어떻게든 정면에서 받아내기로 마음먹었다. 그때 누군가가 카이스의 옆에 끼어들었다.

"무모한 짓은 하지 말라고 했을 텐데!"

"바라드 아저씨?!"

공간 전이를 해서 바라드가 난입해 온 것이었다. 그는 아무런 대답도 하지 않고 바로 차원 굴절 마법을 펼쳤다. 주변을 감싸는 차원 굴절막이 닥쳐오는 브리언의 애너그램을 다른 차원으로 흘려보냈다. 바라드는 이어서 이유를 설명했다.

"공간이 아지랑이처럼 일그러지는 게 보이지? 눈에만 그렇게 보이는 게 아니라 실제 엄청난 밀도의 마나가 공간을 뒤틀고 있는 거야. 일원제멸처럼 공간 단층을 일으키는 수준은 아니지만, 정면으로 받아내려고 했으면 너는 죽었을 게다!"

일대일로 벌어지던 승부에 바라드가 난입한 것이니 모양새가 그다지 좋지 않았다. 그래도 애당초 결투로 언약이 되어 있던 것도 아닌데다가 이곳은 전장이 아니었던가. 카이스의 승산이 없어진 이상 진작 끼어들었어야 했다.

"그대가 바라드 르쉐인 모양이군."

마침 브리언도 바라드를 알아본 모양이었다.

"미친놈이 눈은 멀쩡한 모양이군. 그래, 이 몸이 대마법사 바라드 르쉐다."

브리언은 어깨를 으쓱하고 대답하는 바라드를 바라보며 에리온이 신신당부했던 이야기를 떠올렸다.

"무슨 일이 있어도 바라드 르쉐를 상대하는 건 피하도록 하세요."

에리온의 말을 따를 의무는 없지만, 특별한 이유가 있으니까 피하도록 했으리라. 브리언은 여기서 이만 물러나기로 마음먹고 말했다.

"승부는 다음 기회로 미루도록 하지."

그리고 브리언은 회군을 명했다. 아직 본격적인 전투가 시작되기도 전이었음에도 말이다. 분명 이제부터 전면전이 벌어져서 끝장을 볼 거라고 생각했기에 모두들 놀라지 않을 수 없었다. 카이스는 지쳐 있는데다가 병력적으로도 압도적인 우세에 있으니 당연히 여기서 결전을 치르는 게 당연하지 않은가!

"그 대군을 몰고 와서 이대로 돌아간다고? 무슨 생각이지?"

"처음부터 나는 형과 한번 싸워보고 싶었을 뿐이란 거야."

사실 그가 원했던 것은 처음부터 그것뿐이었다.

"뭐, 여기서 끝을 보고 싶으면 그것도 사양하진 않겠어."

"……."

카이스는 대답하지 못했다.

황제가 내린 명령에 따라 라이덴 제국의 병력들은 빠른 속도로 후퇴하기 시작했다. 카이스는 브리언이 병력들과 함께 사라져 가는 모습을 가만히 지켜보기만 할 뿐, 공격 명령 따윈 생각도 하지 않았다. 여기서 이렇게 물러나 주는 게 천만다행이었기 때문이다.

"…이기지 못했어요."

"지지도 않았지."

"그대로 계속 싸웠으면 졌을걸요."

"…그랬겠지."

어째서 브리언은 이렇게 번거롭게 일대일 대결을 작정하고 덤벼들었던 것일까? 멀어져 가는 적들의 모습을 보면서 카이스는 오직 그것만을 생각했다.

"어쩌면 저 녀석이 나에게 덤볐던 이유는… 자기를 멈춰주

길 바라서일지도 몰라요."

"…그럴지도. 그래, 아마 그럴 것이야. 그 마음을… 나는 이해할 수 있을 것 같구나."

그러나 카이스는 그를 멈추게 하지 못했다.

씁쓸한 뒷맛과 함께… 전투는 끝났다.

CHAPTER 5
목숨을 걸고

BLAST

"아무리 생각해 봐도 놈들이 거기서 순순히 물러난 것이 이해되지 않아."

불발로 끝난 최종전을 가지고 연합군의 지휘부는 분위기가 극도로 뒤숭숭해졌다.

"놈들이 이제 전쟁을 그만두는 게 아닐까요?"

"터무니없는 소리. 싸움은 결코 피할 수 없을 겁니다."

이대로 끝날 전쟁이 아니었다. 누가 뭐라든 그건 확실했다. 이야기를 듣기만 했던 바라드가 의미심장한 말로 입을 열었다.

"우리만 제압하면 대륙이 손안에 있는 것이나 마찬가지일 테니 결판을 지으려 할 테지. 그 방법이 어떻든 간에."

"그 말씀은?"

"…재미 볼 것은 다 봤으니까, 이제 가장 편한 방법으로 끝장을 낼 셈인 거다."

모두의 안색이 파랗게 질렸다.

"신의 철퇴를 쓸 생각이란 말씀이신가요?!"

"아마도. 놈들의 병력이 우리로부터 계속해서 멀어져 가고 있다면 거의 확실할 거다."

라이덴 제국이 후퇴한 이유는 자국 병력을 신의 철퇴의 안전권까지 대피시키기 위함이라는 게 바라드의 추측이었다.

"어쩐지 순순히 물러난다 싶었는데……."

"그러면 지금 이러고 있을 때가 아닙니다. 병력을 움직여서 놈들과 전투를 시작하지 않으면 당장에라도 철퇴가 떨어질 수 있지 않겠습니까!"

그 의견은 옳았다. 근접 전투를 벌인다면 라이덴 제국 측도 아군의 피해를 우려해서 철퇴를 발사하진 않을 가능성이 높았다.

"하지만 그 신황제가 멀쩡히 버티고 있는데다가 병력 규모의 차이가 너무 큽니다! 전에도 말했지만 전면전은 자살행위요!"

"그러면 가만히 눈뜨고 기다리다가 전멸하겠습니까?"

지휘부 막사 내에는 곧 지휘관들 간의 열띤 토론이 벌어졌다. 카이스는 가만히 이야기를 듣고 있다가 말했다.

"싸우지 않으면 철퇴에 맞아 죽고, 싸우면 병력에게 죽고… 일이 잘되어서 우리가 전투에서 승리한다고 하더라도 아마 놈들은 철퇴를 발사하겠죠. 그럼 당연히 죽는 거고."

어쩔 수 없다는 듯 바라드가 말했다.

"진퇴양난이군. 내가 차라리 100년 전이 나았다는 생각을 할 날이 올 줄이야……."

뭘 어떻게 해도 결과는 죽음밖에 없었다. 그때 한 남자가 지휘소 안에 들어왔다. 백색 탑 소속인 바라드의 측근이었다. 그가 뭔가를 귀띔하자 바라드의 얼굴 표정이 밝아졌다.

"타이밍이 좋군. 살 방법을 찾은 거 같다."

장내의 시선이 그에게 집중되었다. 바라드는 언제나 그렇듯 의기양양한 태도로 말했다.

"신의 철퇴의 발사 지점을 파악했거든."

*　　　*　　　*

언제 머리 위로 철퇴가 떨어질지 모른다. 그만큼 시간이 없다는 뜻이었다. 최악의 사태를 피하기 위해서 연합군 지휘부에선 당장 전속력으로 진군하여 라이덴 제국의 군세에 근접해야 한다고 결정이 내려졌다.

"전군, 진군!"

선잠을 붙일 틈도 주지 않고 진군이 개시되었다. 이 순간에도 적군은 멀어져 가고 있었다. 아직 발사되지 않았다는 건 충분히 안전권까지 멀어지지 않았다는 뜻이므로 늦진 않았을 것이다.

그와 더불어서 철퇴의 무력화가 반드시 필요했다. 다행히 그 위치가 파악된 이상 이제 행동하기만 하면 될 것이다.

카이스는 이동하는 마차 안에서 계획을 세웠다. 철퇴가 있는 곳까진 바라드와 함께 공간 이동해야 하므로 소수에 국한된다. 계획에 참여하는 것은 지휘부가 아닌 카일 기사단의 단원들로 한정되었다.

"자, 그러면 이제 인원을 나눠보자."

핵심은 누가 남고 누가 바라드와 함께 가느냐였다.

결정은 신중해야 했다. 카일기사단 전원이 간다면 임무의 성공률이 높아질 것이다. 그러나 그랬다간 안 그래도 열세인 전장에서 핵심 전력이 대량으로 빠져 전황이 급속도로 악화되고 만다. 이미 만 명은 가뿐히 해치울 수 있는 바라드가 빠지는 것만으로도 손해가 막심하니 전력 누수는 최소한으로 해야 했다.

"저나 빅터 중에 한 사람만 가도 상관없지 않겠습니까? 경비가 삼엄해 봐야 얼마나 삼엄하겠습니까?"

고든이 의견을 제시했다. 카일 기사단에선 최약체인 그들이기에 둘 중 한 명이 빠져도 전력 누수가 덜하기 때문일 것이다. 최약체라고 해도 그 어디에서도 뒤지지 않는 강자이기에 한편으로는 믿음직스럽기도 했다. 그러나 카이스는 반대했다.

"브리언이 움직일 때 근위기사들이 몇몇밖에 보이지 않았지? 그놈들이 철퇴를 지키고 있을 가능성이 높아."

"으음……."

신갑 스태그마 덕분에 실질적으로 호위의 필요가 없어진 브리언이 대다수의 근위기사들을 철퇴의 방어에 투입했을 가능성도 높았다. 그렇다면 문제는 만만치 않아진다. 같은 소드 마스터라도 놈들은 번개 기사단이나 뇌전 기사단에 있는 기사들보다 수준이 높기 때문이었다. 그 전력은 카일 기사단의 단원들이라 해도 결코 우습게 볼 수준이 아니었다.

"역시 내가 가는 게 가장 현명하겠군."

카이스가 직접 움직이겠다고 나섰다. 제아무리 근위기사들이라 하더라도 카이스의 상대는 못 된다. 그리고 수하 단원 대여섯 명을 보내서 큰 구멍을 만드느니 카이스 한 사람이 빠지는 것이 전투에서도 좋은 결과를 낳을 게 분명했다.

"그럼 나도 가겠수. 등 뒤를 지켜줄 사람은 있어야지."

시노크가 재빠르게 끼어들었다. 이로써 세 사람이 결정되었다. 전력으로선 부족함이 없었다. 아무리 생각하고 의견을 나눠봐도 이게 최적의 조합인 듯했다.

"음, 단장님과 시노크의 조합인가요? 리엔이 있었으면 좋았을 텐데요."

"그러게 말이야. 무슨 일이 생긴 게 아니라면 좋겠는
데……."

언제나 자신의 곁을 지켜주던 그녀의 존재가 사라진 지 벌
써 한 달이 넘게 흘렀다. 뭐, 화장실까지 쫓아다니던 그녀가
없으니 안심하고 볼일을 보러 갈 수 있다는 건 조금 편하긴
했지만, 허전하지 않다면 거짓말이었다.

그대로 인원이 결정되었다. 시간이 촉박하니 몇 가지 당부
를 전하고 바로 출발준비를 했다. 최대한 빨리 처리하고 합류
하기 위해선 당장 출발하는 게 중요했다.

카이스가 마지막으로 당부했다.

"모두 조심해! 죽으면 나한테 죽을 줄 알아!"

말은 안 되지만 뜻은 충분히 통하는 마지막 말과 함께 바라
드, 카이스, 시노크, 세 사람은 바로 공간 이동으로 사라져 버
렸다.

공간 이동으로 도착한 장소는 지난번에도 왔던 리오즈 왕
국의 왕성 뒤편이었다. 그곳이 바라드가 아는 지역 중에서 신
의 철퇴가 있는 의심 지역에 가장 가까운 포인트였다.

"목적지는 샤미트 산맥 하단부다! 서둘러 가면 사흘 안엔
도착할 수 있을 게야."

바라드의 말이 끝나기가 무섭게 그들은 바람이 되었다.

＊　　　＊　　　＊

연합군은 쉬지 않고 이동하여 이틀째 되는 날, 교량을 통해서 크리온 강을 넘어 라이덴 제국 영역에 돌입했다. 예상대로 철퇴를 쏠 작정인 모양인지 국경에는 단 한 명의 경비 병력도 찾아볼 수 없었다. 아무 저항 없이 그들은 라이덴 제국령 이티드 평원에 들어설 수 있었다.

사흘째 되는 날, 식량은 바닥을 드러냈고 밤낮을 가리지 않는 강행군의 여파로 병사들은 지쳐 갔다. 사기도 급격히 저하되었다. 그러나 쉬어 갈 시간이 없다.

그날 오후, 지평선 저편에서 라이덴 제국의 병력들이 관측되었다. 이대로 술래잡기를 끝까지 할 수도 없으니 그들 또한 물러나길 멈추고 전열을 가다듬고 있는 모양이었다.

그제야 비로소 연합군은 진군을 멈출 수 있었다.

"놈들이 서두르지 않았으면 좋겠습니다."

연합군 측에선 대치 상태가 가능한 한 오래가기를 기대했다. 휴식하며 재정비할 시간이 절실했다. 그리고 되도록 철퇴를 무력화시키러 떠난 카이스 일행이 돌아오기까지 시간을 끌고 싶었기 때문이다.

그러나 라이덴 제국 측도 바보만 모여 있는 게 아니었기에 피로한 기색이 역력한 적들을 앞에 두고 기력을 찾을 때까지

친절하게 기다려 줄 리가 만무했다.

뿌우우!!

라이덴 제국군 진영에서 나팔소리가 울렸다. 가장 듣고 싶지 않던 총공격을 알리는 신호였다.

카이스와 바라드가 빠진 지휘부에선 솔직히 도망치고 싶은 마음이 굴뚝같았다. 그러나 더는 도망칠 수 없었다. 물러서도 안 된다.

맞서 싸우느냐, 아니면 목을 내놓고 죽여주길 기다리느냐. 두 가지 선택지에서 선택할 것은 당연히 전자였다.

"…전군 공격 준비!"

그렇게 최종전이 개시되었다.

전투는 삽시간에 초반의 밀고 당기기가 끝나고 서로 병력들이 뒤엉켜 죽이고 죽는 소모전에 들어섰다.

시작은 우려했던 것처럼 나쁘진 않았다. 병력의 숫자는 뒤지더라도 기량에서 월등한 인물들이 연합군 쪽에 다수 포진하고 있었기 때문이다.

라이덴 제국의 선두에 섰던 기사단은 먼젓번 전투에서 카이스와 카일 기사단의 손에 괴멸 직전까지 몰렸다. 남아 있는 자들론 카일 기사단의 다섯 기사와 리온 제국의 성기사들을 버텨내지 못하고 바로 선두를 돌파당했다.

그 뒤를 라팔 마법 연맹의 마법사들과 대륙 3대길드의 연합 세력이 밀고 나가 오히려 분위기를 압도하고도 남는 전과를 거두었다.

그 순간까지만 하더라도 승리의 기적이 손에 닿는 곳에 와 있는 느낌이었다. 그러나 역시나 모든 게 순조로울 순 없었다.

상황은 금세 뒤바뀌었다.

그 원인으로 첫 번째는 연합군의 병사들이 거듭된 강행군과 식량 부족 때문에 지쳐 있다는 점이었다. 그에 비해서 먹을 거 다 먹고 충분한 휴식을 취한 라이덴 제국 측의 병사들은 기운이 넘쳤다.

두 번째는 역시 3배에 달하는 병력 차이였다. 이 문제가 가장 컸다. 아무리 기선을 화려하게 제압해도 15만과 45만은 절망적인 차이였다.

마지막으로 브리언을 막아낼 인간이 아무도 없었다.

"버러지들! 걸리적거린다!"

브리언은 적진에 뛰어들어서 마구잡이로 베고 또 베었다. 그의 손에 발생한 사상자가 상상을 초월할 지경이었다. 날뛰는 브리언 한 사람을 피해서 우르르 도망 다니고 갈라지다 보면 그 뒤를 적군이 포위하여 섬멸당하기 일쑤였다. 양치기 개처럼 브리언은 혼자서 연합군을 몰고 있었다.

"크하하하하하! 카이스는 어디에 있나! 설마 겁쟁이처럼 도망친 건가?"

"저 애송이가……!"

마일이 이를 갈았다. 그의 인생에 어떤 강적을 만나도 도망쳐 본 기억이 없었는데, 천방지축으로 날뛰는 놈을 상대로 도망만 다녀야 하니 화병이 날 것 같았다. 그는 당장에 브리언이 있는 곳으로 달려가려 했다.

“참아!”

엘사로트가 그를 달렸지만 마일의 속은 부글부글 끓어서 넘치기 일보 직전이었다.

“죽어도 내 저놈에게 한 방을 먹이고 죽어야겠어!”

“단장님의 말씀을 잊었나!”

“크윽……!”

그제야 비로소 마일은 당장에라도 튀어나가려 하던 걸 포기했다. 그는 브리언을 살기 가득한 눈으로 노려본 후, 이를 으드득 갈고는 살기를 반대편의 제국 병사들에게 향했다.

그는 브리언에게 당한 피해를 자신이 되갚아주겠다는 듯이 홀로 적진에 뛰어들었다. 동료 단원들은 한숨을 쉬었지만, 그들도 악이 받쳐 화가 머리끝까지 치솟은 상황이라 마일의 뒤를 따랐다.

그들이 선전했음에도 전황은 뒤집히지 않고 전투는 길어질 기미를 보이고 있었다.

하룻밤이 가고, 이틀째가 왔다. 연합군 측의 피해는 계속해서 늘어났다. 난전이 지속되면서 연합군의 군세는 처음의 반을 겨우 넘어서는 수준으로 줄어 있었다. 모두 잘 싸워주고 있었지만 야속하게도 기적은 일어나지 않았다.

*　　*　　*

이티드 평원에서 대륙의 운명을 걸고 최종 전투가 벌어지고 있을 때 카이스, 바라드, 시노크, 세 사람은 밤낮을 가리지 않고 이동한 끝에 신의 철퇴의 발사 지점 근처에 당도하여 있었다.

일단 목표 지점까지 도착한 건 좋은데 이제부터가 문제였다. 바라드가 보고받은 위치는 완벽한 것이 아니었다. 지역에 대한 추정이 되어 있을 뿐이지 상세 위치는 근방에서 직접 탐색해야 했다.

샤미트 산맥의 초입부가 비교적 덜 가파른 곳이긴 하지만 의심 지역의 넓이가 만만치 않았기에 그들은 상세한 위치를 찾아 며칠이든 헤집고 다닐 각오를 했다.

하지만 의외로 어렵지 않게 실마리를 잡을 수 있었다. 오래전부터 대규모의 토목공사용 장비가 숲으로 들어가는 걸 보았다는 토속민들의 증언이 있었고, 해당 지역을 탐색하고 얼마 지나지 않아서 바라드가 은폐용 광역 마법진의 흔적을 찾아낸 것이다.

"제법 신경 쓴 티는 나지만 허술하기 짝이 없군. 뭐, 제까짓 것들이 한 일이 다 그렇지."

바라드는 라이덴 제국 궁정 마법사들을 비웃으며 어렵지 않게 마법진을 무력화시켰다.

이미 이틀 전에 수정구를 통해서 전투가 곧 시작될 것 같다는 보고가 들어왔으니 꾸물거릴 시간이 없다. 우군이 지금까지 버티고 있을지도 솔직히 자신할 수가 없었다.

'더 이상 늦지 않아야 할 텐데!'

세 사람이 돌아간다고 모든 전황을 바꿀 수는 없다. 그러나 그들의 힘이 무시할 정도로 작은 것도 아니었다.

망설일 틈도 없이 그들은 마법진 안으로 돌입했다.

마법진의 영향을 벗어나니 인위적으로 조성된 느낌이 드는 울창한 수림의 뒤로 개울이 흐르는 협곡이 드러났다. 바라드는 주변을 살펴보고 말했다.

"트랩이 도처에 널려 있군. 벌써부터 시끄럽게 만들고 싶지 않으니 모두 물가에서 벗어나지 마라."

흐르는 물은 사람의 흔적을 지워준다. 기밀성을 유지하기 위해서 이렇게 해놓은 모양이었다. 세 사람은 몸이 젖는 것도 개의치 않고 개울을 거슬러 올라갔다.

중간중간 몸을 숨기고 경계를 서고 있는 병사들이 있었지만 카이스는 저 멀리서 먼저 기척을 느끼고 원거리에서 쥐도 새도 모르는 사이에 해치워 버렸다.

개울을 거슬러 한 시간가량을 올라가니 탑처럼 하늘을 향해 높이 솟은 거대한 돌산이 보였다. 돌산의 측면에선 넓은 폭포가 떨어져 작은 호수를 이루고 있고, 높은 절벽이 주변을 둘러싸고 있는 지형이었다. 작은 호수에 무지개를 피우고 있는 광경은 정말 한 폭의 그림같이 멋진 절경이었다.

모두가 그 풍경에 감탄하는 반면, 바라드는 이상한 낌새를 차렸는지 얼굴을 찌푸리면서 혼잣말을 시작했다.

"여기는 조금… 다른 느낌이 드는데……. 마나의 흐름이 교란되는 걸 보면 마법진이나 결계가 있는 것 같긴 하지만… 그 깊이를 알 수 없어. 마법진의 수준이 높다기보다 거기에 동원된 마나가 상식 밖이군. 영향을 우회하는 게 불가능하겠어."

"…아저씨, 저도 이해할 수 있게 말해주세요."

"내 능력으론 들키지 않고 돌입하는 게 불가능하다고."

"위치를 찾았으면 이제 부숴 버리면 되는 것 아닙니까?"

"그게 되면 진작 했겠지! 10서클 절대마법이라 해도 막아 낼 결계가 있단 말이다."

신경질적으로 쏘아붙인 바라드는 곧 어쩔 수 없다는 얼굴로 말했다.

"강행 돌파를 해야겠다. 준비하도록 해라."

"전투 시작이란 말이구만."

바라드는 고개를 끄덕이곤 마법을 준비했다. 거기에 맞춰 시노크는 검을 뽑아 들었고 카이스도 신검을 소환했다.

"부수진 못해도 잠시 입구를 열 수는 있을 게다. 지속 시간이 몇 초밖에 되지 않을 테니 열리자마자 돌입해야 한다!"

바라드는 신호와 함께 결계의 영향을 해제하였다.

팟!

동시에 폭포 뒤편에서 돌산 안쪽으로 연결된 널찍한 동굴이 나타났다. 숨겨진 입구였다. 뛰어들기 직전에 내부에서 엄청난 마나의 기운이 느껴진다는 걸 감지할 수 있었지만 그렇다고 주저하진 않았다.

신법을 전개한 카이스가 제일 먼저 안으로 들어서고 시노크가 바라드와 함께 그 뒤를 쫓아 들어왔다. 들어서자마자 입구가 있던 곳은 다시 감쪽같이 봉쇄되어 있었다.

화강암을 깎아서 만든 통로는 폭이 대략 10여 미터, 높이는 4미터 정도로 화려한 장식은 전혀 가미되어 있지 않았다. 그리고 의외라면 입구를 지키는 병력이 없다는 점이었다. 바라드는 주변을 둘러보다가 소감을 한마디로 밝혔다.

"후우, 엄청난 곳이군……."

전신이 저릿저릿했다. 내부에 꽉 들어찬 마나의 밀도 때문이었다. 항시 막대한 마나를 사용하는 그들에게도 불편하게 느껴질 정도의 양이라면, 면역이 되어 있지 않은 보통 사람들은 질식하듯 순식간에 짓눌려 죽어버리고 말리라.

"주신 쿠베스의 육체가 대단하긴 하군요."

"깃털 다섯 개로 무한의 마나를 끌어낼 수 있으니까."

앞서 바라드가 추측하길, 그 깃털은 태고에 신이 내린 다섯 개의 신기에서 나왔을 거라고 하였다. 카이스의 이니그마라

든지 브리언이 사용하던 프로비던스와 스태그마 말이다.

카이스의 이니그마가 불안정한 이유는 깃털이 적출되어 나왔기 때문이라는 게 바라드의 설명이었다.

그렇다면 지금 깃털 두 개는 브리언이 사용하고 있다는 뜻이었다. 돌입 전에 바라드는 브리언을 상대하기 위해서 나머지 세 개의 깃털을 수거하는 것이 중요하다고 일렀다.

"이니그마가 완전해지면 브리언의 프로비던스에 뒤지지 않을 거다."

완전해진다는 건 지금처럼 검에서 돌아오는 반발이 사라지고, 더욱 강맹한 검강을 덧씌울 수 있다는 뜻이었다. 이는 카이스의 파워 업을 위해선 반드시 필요한 조건이었다.

"그러면 스태그마를 부술 수 있나요?"

"음, 몰라. 그러나 일단 내가 생각해 둔 방법이 있다."

바라드는 그렇게 말할 뿐, 아직 상세한 방법에 대해선 입을 열지 않았다. 그 대신 이동하기 전에 카이스에게 전력으로 벽을 공격해 보라고 주문했다. 카이스는 그 말에 따라서 적당한 벽을 골라 검강으로 힘껏 후려쳐 보았지만 기이하게도 벽엔 흠집 하나 나지 않았다. 아마도 그 결계 때문인 모양이다.

"음, 역시 철퇴를 부수는 건 무리겠어."

"그럼 어떻게 합니까?"

"무력화시킬 방법을 찾아야지. 안으로 이동하자."

아직 침입 때문에 소란스러운 기미는 보이지 않았다.

"조용한 게… 아마도 들키지 않은 것 같은데?"

"아니, 알아챘을걸? 위에서 다수의 강자가 움직이고 있어."

워낙 마나의 밀도가 높아서 마나를 감지하기가 쉽지 않았지만 정신을 집중한 카이스는 병력들이 움직이는 낌새를 잡아낼 수 있었다.

"섣불리 움직이지 않고 태세부터 정비한다는 건가? 훈련이 잘된 놈들이구만."

카이스가 선두에 서고, 뒤를 시노크와 바라드가 따랐다. 잠시 전진하니 위로 올라가는 나선 형태의 계단이 나타났다. 경계를 늦추지 않고 계단을 오르니, 잠시 후 마침내 기다리고 있던 적들과 조우했다.

가로세로 30미터 내외의 넓이에 십여 개의 기둥이 세워진 공간에 총 12명의 소드 마스터가 대기하고 있었다. 예상했던 그대로 모두 근위기사단 소속임이 분명했다. 숫자도 만만치 않지만 무엇보다 카이스를 긴장하게 한 것은 그들이 특정한 형태로 진형을 갖추고 있다는 점이었다.

"조심해. 섣불리 덤벼선 안 돼."

좋지 않은 느낌이 든 카이스는 당장에라도 덤벼들려고 했던 시노크를 만류했다. 놈들의 배치는 단순한 합격(合擊)을 위함이 아니었다. 변화를 동반하며 상호 간의 힘을 보강하는 그런 종류의 것으로 느껴졌다.

“진… 이라는 건가?”

그의 예측이 맞다면 우습게 넘길 상황이 아니었다. 단순히 연환 공격을 하는 게 아니라 서로 힘을 합쳐서 역량을 몇 배나 넘어서는 공격을 할 수 있게 하는 것이 바로 진의 특성이 아니던가.

지금에 와선 조금 의미가 퇴색되긴 했지만 무극신공은 본래 일인전승이라 합격술이나 진법이 존재할 리가 없었다. 그리고 거기에 대비한 연구도 없었다. 대대로 그들이 상대해 왔던 것은 인간이 아닌 야족이었으니 당연한 이야기였다.

그런 만큼 미지의 수법을 상대해야 하니 더욱 신중할 수밖에 없었다.

12명의 적 근위기사단이 빠른 속도로 움직이기 시작하며 본격적으로 진을 운용하였다. 각기 서로 방위를 점하며 어지럽게 움직이는데, 그 규칙을 카이스로선 전혀 예측하기 힘들었다. 그러다가 갑자기 한 명이 공격을 개시해 왔다.

“온다!”

카이스가 정면에 서서 검격을 받아냈다.

쾅!!

힘껏 내공을 끌어올려 방어하는 데 성공하였지만 그 위력이 예상했던 것보다 훨씬 강력했다. 단 한 사람을 통해 전해 온 공격이라고 우습게 봤다간 일격에 목숨을 잃었을지도 몰랐다. 아마 대여섯 명의 힘이 한데 모인 수준인 모양이었다.

“단장! 조심해!”

카이스가 상대를 분석하는 사이에 다시 공격이 닥쳐왔다. 이번 공격 역시 타이밍이 굉장히 빠르고 강맹했다. 카이스는 침착하게 서서 먼젓번과 마찬가지로 방어에 들어섰다.

카캉!!

카이스는 하마터면 ‘우웃!’ 하고 소리를 지를 뻔했다. 대부분의 기운을 옆으로 흘려냈는데도 팔목이 시큰했다. 혼자서 12명의 힘이 합쳐진 공격을 받아내는 일이 쉬울 리가 없지만, 이대로라면 위험했다.

하지만 이곳에 카이스 한 사람만이 있는 게 아니다. 시노크가 있고, 바라드가 함께 있지 않는가. 카이스에게 공격하느라 진에서 돌출된 놈을 노리고 시노크가 역습을 가했다.

시노크가 노린 상대는 거의 무방비에 가까웠기에 충분히 해치울 수 있을 거라고 생각했지만, 진을 구성하고 있던 자들 중에서 세 사람이 튀어나와서 시노크의 참격을 받아냄과 동시에 도리어 역공을 해왔다.

“조심해!”

“헉!!”

시노크는 크게 놀란 모양인지 비명에 가까운 소리를 냈지만, 역시 경험이 보통이 아닌지라 부상을 당하는 것만은 피해냈다. 그래도 큰 낭패를 본 것만은 사실이었기에 사색이 되어 일단 진의 영향권에서 벗어났다.

이번엔 바라드가 나섰다. 공간이 좁기에 사용할 수 있는 마법이 제한되지만, 그는 강력한 대인 마법만 골라서 동시에 세 개를 뿌려댔다.

하지만 이번에도 뜻대로 되지 않았다. 놈들은 기다렸다는 듯 마법을 피해서 기둥 뒤로 각기 몸을 숨겼다. 바라드의 마법은 강력한 결계로 보호받고 있는 기둥에 닿자마자 아무런 피해를 주지 못하고 모조리 사그라져 버릴 뿐이었다.

"끄응, 난 별 도움이 못 되겠구나."

공격력도 열두 배, 방어력도 열두 배. 단일 전투력으로 친다면 대륙 최강을 자처할 수 있는 카이스 일행이 고전할 수밖에 없는 이유였다.

"…나는 왜 뭐 하나 쉽게 풀리는 일이 없지?"

카이스가 투덜거리는 사이, 놈들이 본격적으로 공세에 들어서기 시작했다. 열둘이 하나로, 하나가 열둘이 되는 진이 복잡하게 변형하기 시작하였다. 그리고 여러 방향에서 카이스의 사각을 노리고 동시다발적인 공격이 개시되었다. 그걸 맞이하여 카이스는 중얼거렸다.

"뭐, 상관없지. 여태까지 그랬듯……."

검으로 개척하면 되는 것이다. 그 말을 생략하며 카이스는 전력으로 검을 휘둘렀다. 전투에 임하는 그의 입가엔 씁쓸함이 섞인 미소가 떠올라 있었다.

*   *   *

한편, 연합군과 제국군의 운명을 지켜보던 이틀째의 태양이 서산 너머로 모습을 감춰갔다. 전황은 연합군이 지금까지 버티고 있는 게 신기할 정도로 악화되어 있었다.

결국 연합군 지휘관들은 명령을 내릴 수밖에 없었다.

"후퇴!! 후퇴하라!!"

"크리온 강 유역까지 퇴각한다!"

이대로 전멸당하기까지 가만히 지켜보고 있을 수만은 없었다. 연합군의 병력은 교전을 그치지 않으면서 그 와중에도 각기 대여섯 부대로 나뉘어 서로 다른 방향으로 퇴각을 시작하였다. 퇴각 방향을 잘 잡은 부대는 벗어날 것이요, 운이 나쁜 부대는 추격대에 잡혀 몰살당하고 말 것이다. 그럼에도 전멸을 피하기 위해선 그게 최선이었다. 라이덴 제국에 대항하는 희망의 불씨가 꺼져선 안 되었기 때문이다.

"살아남아라! 살아남은 자가 있어야 대륙의 희망이 사는 것이다! 무슨 수를 써서라도 이 지옥에서 벗어나 새로운 희망을 모으는 거다!"

하루 동안의 뼈아픈 후퇴가 이어졌다. 흩어지는 병력 중 다수가 추격해 오는 제국군에 맞서다가 사망했다. 이틀 동안의 전투에서 발생한 사상자에 뒤지지 않는 피해가 퇴각 사이에 발생했다. 시체의 산이 높게 쌓이고 대지는 피로 물들었다.

약속된 시간까지 집결지인 크리온 강에 도착한 병력은 겨우 5만 내외에 지나지 않았다. 슬픔에 잠길 틈도 없이 연합군은 합류한 병력을 재편성하여 강을 건널 채비를 하였다.

황금평야에 떨어진 철퇴의 영향으로 수량이 줄긴 했지만, 그래도 워낙에 넓고 깊이도 만만찮은 크리온 강인지라 헤엄쳐서 건너는 건 아직 무리였다. 온도도 너무 낮아서 자칫 잘못하다간 얼어 죽기 십상이었다.

그들은 서둘러 물자를 모아서 강을 건너기 위한 교량을 준비했다. 이미 전쟁 기간 동안 몇 번이나 넘어 다녔던 교량의 바탕이 남아 있지만, 큰 돌을 쌓아 올리고 그 위에 나무를 얼기설기 엮어서 만들어놓은 것이라 새롭게 보수하고 보강하지 않고는 넘어 다닐 물건이 아니었다.

살아남기 위해서, 다시 싸울 날을 되찾기 위해서 교량은 차츰차츰 완성되어 가고 있었다. 완성이 목전에 와 있을 때, 절망적인 보고가 들어왔다.

제국군이 지척에까지 도달했다는 소식이었다.

아니나 다를까, 지평선 저편에서 광기에 미치고 피에 굶주린 황제 브리언을 선두로 전장에 도취된 30만의 병사가 모습을 드러냈다.

"크하하하하! 안타깝구나! 그렇게 여유를 줬는데도 겨우 여기까지밖에 오지 못했나!"

세 배의 병력 차가 단숨에 여섯 배로 늘었다. 교량의 완성이 목전에 다다랐지만 5만 명이 건너갈 시간은 어떻게 번단 말인가.

더 이상은 한 발짝도 물러설 수 없는 강변에 서서 연합군은 절망에 빠져갔다.

그 순간, 네 사람이 다시 전장으로 나섰다.

"단장님은 무모한 짓을 하지 말라고 하셨지만……."

"우리만 살아남아 봐야 수치일 뿐이죠."

"영웅으로 죽기에 딱 좋은 장소로군."

"신의 가호를……!"

고든, 빅터, 마일, 엘사로트.

연합군의 구심점이던 카일 기사단의 단원들이 약속이라도 한 것처럼 앞으로 나온 것이다.

그들은 일렬로 서서 적들과 연합군 사이를 가로막고 검을 들었다.

"여기부터는 아무도 못 지나간다!"

하지만 하늘이 두 쪽 난다 해도 그들이 30만의 대군을 상대할 수 있을 리가 없다. 그럼에도 그들이 나선 건 역시 이외에 대안이 없기 때문이었다.

그들 넷을 사이에 두고 모든 이들이 순간 움직임을 멈췄다. 다리를 완성시켜 가는 손놀림마저 멈칫했지만, 어째서 그들이 적군과 아군 사이에 버티고 섰는지를 알기에 연합군 측에선 다시 다리를 완성시키기 위해서 속도에 박차를 가했다.

“재미있군. 실로 영웅다운 행동인데?”

브리언이 키득거리며 웃었다. 그 기백과 의기는 대단하지만 브리언의 눈엔 익사하기 직전에 지푸라기라도 붙들어보려는 행동으로밖에 보이지 않았기 때문이다.

“그 의지를 존중해 주고 싶어졌어. 과연 어디까지 버틸 수 있을까?”

브리언은 무슨 꿍꿍이인지 옆에 도열해 있는 지휘관 한 명에게 병사 100명을 차출해서 공격 준비를 시키라고 지시했다. 30만으로 한번에 밀고 나가면 금방 끝날 텐데, 단 100명이라니?

“폐…폐하! 하지만 저들을 상대로 100명은……!”

“짐은 병사 100명을 차출해서 공격하라고 말했다. 다시 한 번 짐이 같은 명령을 내려야 하겠는가?”

더 이상 뭐라 할 수가 없다, 보내라면 보내는 수밖에.

“그냥 보내면 별로 의지가 안 생기겠지? 저놈들의 목을 가지고 오는 병사에겐 출신과 지위를 무시하고 장군 직위를 주겠다고 약속하지.”

조건이 아주 파격적이라 신청자를 받아도 많이 나왔을 것이다. 아무튼 금방 차출된 100명의 병사는 포상에 눈이 멀어서 앞다투어 덤벼들었다.

그러나 누구도 원하는 걸 얻지 못했다. 몇 분을 채 버티지 못하고 100명의 병사는 전멸하고 말았으니까. 대륙 최강의 카일 기사단 넷이 상대이니 빤한 이야기였다.

짧은 전투가 끝나고 다시 전장이 숨을 죽였다.

브리언이 다시 말했다.

"다음은 200명이다. 얼른 준비시켜라."

다시 200명이 차출되어 나갔다. 앞선 100명에 비해서 조금 더 시간이 걸리긴 했지만 마찬가지로 그리 오래지 않아서 괴멸하고 말았다.

"그래, 이래야 좀 재미있지. 이제 300명을 보낼 차례군?"

*　　　*　　　*

한편, 그때 카일 공국에선 조엘이 시시각각 전장의 소식을 전해 들으며 발만을 동동 구르고 있었다.

"내가 부상만 입지 않았어도……."

하루에 몇 번이나 이렇게 중얼거렸는지 모른다. 다른 사람들은 전장에서 목숨을 걸고 싸우는데, 혼자서 본거지에 틀어박혀 있어야 하니 순수 무골인 조엘으로선 얼마나 답답하겠는가. 게다가 그는 매일같이 닥쳐오는 지독한 두통 때문에 잠도 제대로 이루지 못할 정도로 힘든 시간을 보내고 있었다.

폐관 중인 리엔 역시 아직도 밖으로 나오지 않고 있었다. 그녀가 얼른 10성의 벽을 넘고 카이스에게 합류한다면 조금이라도 마음이 놓이련만, 아무래도 좀 오래 걸릴 모양이었다.

내려가서 닦달한다고 해서 시간이 단축된다면 진즉 그랬을 것이다.

뭔가 좋은 방법이 없을까를 생각하며 머리를 싸매는 그였지만 여기서 그가 도울 수 있는 게 뭐가 있겠는가.

하필이면 다시 몸 상태가 나빠져서 조엘은 의자에 앉아서 몸을 쉬었다. 그때 집사가 손님이 찾아왔다는 말을 했다.

당장 손님을 접대할 상황이 아니라고 거절하려 하였지만, 집사는 찾아온 손님이 꼭 만나야 한다고 당부했다고 전했다.

"…후우, 어디의 누구라고 하던가?"

"직접 만나 뵈면 말씀드리겠다고 하십니다."

"으음……."

정체도 밝히지 않은 손님을 집사가 그냥 돌려보내지 않고 여기까지 보고하러 왔다는 것은 그만큼 상대가 범상치 않은 인물이라는 반증이었다. 조엘은 잠시 고민하다가 손님을 응접실로 모셔오라고 지시를 내렸다.

안에 들어선 것은 두 사람. 긴 적발을 허리춤까지 내린 매력적인 여성과 겉보기엔 평범해 보이는 중년의 남성이었다.

조엘은 어렵지 않게 두 손님의 정체를 깨달았다.

'인간이 아니군…….'

인간의 모습을 하고 있더라도 엄청난 마나를 내포하고 있는데다가 특유의 느낌을 본다면 드래곤임이 확실했다. 그것도 둘 다 고룡 급이었다. 조엘은 자리에서 벌떡 일어서며 물었다.

"드래곤이 여기에 무슨 용무요?"

그는 긴장한 기색이 역력했다. 최근에 두 마리의 드래곤을 사냥했으니—에리온은 신의 철퇴에 죽은 것이지만—분명 그 책임을 물으러 왔을 거라고 어림짐작했기 때문이다. 그러자 중년 남자의 모습을 하고 있는 드래곤이 조엘의 동요를 가라앉히려는 듯 차분히 말했다.

"인간이여, 우리는 그대들이 동족를 해친 것 때문에 찾아온 게 아니니 경계하지 않아도 좋네. 다만 대륙에 벌어지는 사건들 때문에 묻고 싶은 게 있어서 찾아온 것이라네."

"……?"

조엘이 잠시 당혹스러워하는 사이 드래곤이 말을 이었다.

"소개가 늦었군. 이쪽은 레드족의 라파이츠, 그리고 나는 시리오트. 드래곤 로드를 맡고 있지."

갑자기 등장한 드래곤 로드. 뜻밖에 적의도 없는 것 같으니 조엘은 이것이 큰 기회가 될 수 있겠다는 생각을 했다. 그들을 우군으로 끌어들일 수 있다면 제국은 더 이상 두렵지 않았다. 조엘은 속으로 몰래 미소 지으며 말했다.

"무슨 일이 일어났는지 궁금하다고들 하였소? 그렇다면 들려 드리지."

조엘은 곧 에리온이 차원 이동을 통해서 카이스를 납치해 온 것부터 그간의 모든 사정을 이야기하기 시작하였다.

					*			*			*

　신의 철퇴에서 벌어지는 카이스 일행과 라이텐 제국 근위
기사단의 대결은 생각보다 시간이 오래 지체되고 있었다.
　길어지고 있다는 건 쉽게 이기지 못한다는 뜻이지만, 쉽게
지지도 않는다는 것이기도 했다. 그나마 여태까지 버틸 수 있
던 이유는 순전히 카이스의 전투 능력 덕분이었다.
　3인씩 힘을 모아서 4회의 공격을 시간 차 없이 동시에 날리
는 것에서부터 12인의 힘을 모두 한곳에 모아서 공격하는 것
까지. 그 모든 공격을 카이스는 굳건히 버텨냈다.
　진을 구성하는 기계 부품처럼 묵묵히 움직이던 근위기사
들이었지만, 몇 시간 이상 승부가 결정되지 않으니 그들에게
도 조금씩 동요가 퍼져 나갔다.
　카이스도 내공의 소모가 무시하지 못할 수준이었지만, 상
대에 비하면 그나마 여력이 있었다. 최소한의 힘으로 공격을
모조리 흘려내는 데에 집중했기 때문이다. 아무리 12명이란
다수라 하더라도 서로 힘을 한데 모아서 움직이는 것이니 전
체적인 내공 총량이 압도적인 카이스에 비해서 먼저 지칠 수
밖에 없었다.
　카이스도 적들이 지칠 때까지 버티려 작정한 건 아니었다.
시간이 없는 그로선 최대한 빨리 승부를 내고 싶었다. 하지만

진의 변화가 생각보다 복잡하여 확실히 승부를 낼 순간을 잡지 못하다 보니 이렇게 길게 끌게 된 것이었다.

그 이외에도 여기까지 버티면서 카이스는 다른 성과를 얻었다. 계속 진을 지켜보다 보니 어떤 원리로 움직이는지 파악할 수 있었던 것이다.

"중앙에서 오는 공격을 조심해! 좌측에서 오는 건 미끼야."

"알겠수다!"

원리를 파악하고 전음으로 지시하면서 대응하니 방어가 조금씩 수월해져 갔다. 그러나 아직 승기를 잡을 순간은 오지 않았다. 진의 운영 형태를 조금 이해해서 공격 패턴을 짐작할 순 있지만, 방어를 깰 수 있는 방법은 아직 보이지 않았다.

'부하가 두 사람만 더 있었어도 해볼 만할 텐데…….'

한 사람만 데리고 온 게 뒤늦게 후회되는 카이스였다. 그러던 한순간, 카이스의 머릿속에 한 가지 깨달음이 번뜩였다.

'아차! 왜 지금까지 깨닫지 못했을까?

스스로의 어리석음에 자기가 놀랐다. 이토록 커다란 약점이 있었거늘, 왜 지금까지 파악하지 못했던 것일까?

12인이 구성하는 진이 거의 열두 배의 공격력과 방어력을 지니는 건 체험상 부정할 수 없다. 그러나 그 외에 한 가지 중요한 요소는 오히려 마이너스가 될 터였다.

"아저씨, 제가 신호하면 광역 마법으로 놈들을 잠시만 묶어주세요. 시노크는 내가 진을 부수면 놈들의 뒤를 쳐줘."

전음을 들은 바라드와 시노크는 고개를 끄덕였다.

진이 다시 변화하기 시작했다. 그 패턴은 이미 파악되어 있는 것이라 카이스는 원하는 순간이 오길 기다렸다가 소리쳤다.

"지금이에요!"

신호에 맞춰서 바라드가 급히 준비한 마법을 완성했다.

"체인 라이트닝!"

파츠츠츠츠!

위력은 대단하지 않지만 전기를 거미줄처럼 흩뿌리는 체인 라이트닝은 놈들을 잠시 주춤하게 만드는 데에는 적격이었다. 이전처럼 놈들은 엄폐물을 통해 마법을 피하기 위해서 움직였다. 그것 또한 카이스에겐 예상하고 있던 그대로였다.

순간, 카이스의 신형이 정면으로 튀어나갔다. 희미한 잔상을 주변에 남기며 그의 신형은 분신술처럼 여러 개로 갈라지기 시작하여 순식간에 열두 개로 늘어났다. 물론 정말 갈라졌을 리는 없고, 극한의 신법 때문에 그렇게 보이는 것뿐이었다.

방금 전 카이스가 깨달은 점은 단순했다. 진을 통해서 놈들이 공격력이나 방어력은 극대화할 수 있지만, 속도는 극대화하지 못한다. 오히려 집단이기에 마이너스가 되는 게 당연하지 않은가!

놈들의 눈이 따라가지 못할 정도로 극한의 신법을 전개하면 순간 대응책을 잃어버릴 거라는 게 카이스의 계산이었고,

그대로 적중했다.

　그들은 그 열두 개의 신형 중에서 무엇이 허상이고 아닌지 구별할 역량이 없었다. 적들은 순간 크게 놀라며 어찌할 바를 몰라 했다. 어쩔 수 없이 그들이 각기 자신에게 덤벼드는 열두 개의 잔영을 향해서 검을 휘두르는 순간, 진은 흐트러졌다. 카이스는 비로소 찾아온 틈을 놓치지 않았다.

　촤악!

　검이 번득이고 피가 튀었다.

　피보라가 몰아치며 두 명의 적이 시체가 되어 뒹굴었다. 진은 이미 깨졌다. 그 뒤를 이어 이번엔 시노크가 뛰어들었다. 아직 숫자로는 우세하지만, 진 없이 카이스를 상대할 수 있는 자는 없었다.

　잠시 후, 승부는 결정났다. 적들은 진이 깨졌음에도 최후의 한 사람이 남을 때까지 끈질기게 덤벼들었지만, 결국은 모두 시체로 변해서 바닥에 쓰러졌다. 카이스가 검에 묻은 피를 닦아내고 있는 사이 바라드가 혀를 내둘렀다.

　"단 한 명도 비명을 지르지 않다니… 독한 놈들이군."

　"…음."

　카이스의 생각은 조금 달랐다. 다른 누구도 아닌 근위기사단이니 죽음에 대한 공포에 흐트러지진 않았을 것이다. 그러나 임무를 완수하지 못했다는 원통함을 내보이는 놈조차도 없었다는 게 마음에 걸렸다.

'마치 여기서 죽는 게 자신의 임무였다는 것처럼……'

승리를 했어도 여전히 찜찜한 마음이 가시지 않았다.

세 사람은 계속해서 위로 올라갔다. 나선형으로 된 계단을 딛고 올라가면 올라갈수록 느껴지는 마나의 압력이 강해져 갔다. 아까의 대결이 벌어지는 동안 그나마 익숙해지긴 했지만, 거북한 느낌이라는 건 부정할 수 없었다.

내공을 통해서 적의 위치를 찾을 수 있는 범위가 차츰차츰 줄어들어 갔다. 마치 적이 어디에서 튀어나올지 모르는 짙은 안개 속을 뚫고 지나가는 것만 같았다. 밤하늘에 보이는 별은 쉽게 구별할 수 있지만, 태양이 빛나는 대낮엔 구별하기 힘든 것과 같은 이치였다.

경계를 늦추지 않고 몇 분가량 올라간 끝에 이번엔 결계로 막혀 있는 문이 나타났다. 열어보려고 했지만 문은 꿈쩍도 하지 않았다. 마찬가지로 결계의 보호를 받고 있는 모양이었다.

"내가 해결하마."

바라드가 나서서 결계를 해제했다. 결계가 효력을 잃는 짧은 틈에 카이스와 시노크가 막혀 있는 문을 뚫고 안으로 들어갔다.

쿠당탕!

문이 부서지고 드러난 곳엔 아까 근위기사단이 대기하고 있던 장소와 유사한 형태의 공간이 나왔다. 십여 명의 인물이 화들짝 놀라고 있었는데, 옷차림을 보니 철퇴의 운용을 맡고 있는 마법사들 같았다.

"도, 돌파당했다!!"

"근위기사단이 당했단 말인가?!"

소란이 커질 틈도 없이 카이스와 시노크는 그들을 향해서 움직이고 있었다. 대참사를 일으킨 장본인들에게 사정을 봐 줄 필요는 없으리라. 검광이 몇 번 번뜩인 이후 카이스 일행을 제외하고 살아 있는 사람은 더 이상 없었다.

바라드가 중앙에 위치한 정육각형 형태의 방을 가리키며 말했다.

"저기가 핵심 구동부인 모양이군. 아마 깃털도 저 안에 있겠지."

일단 남은 세 개의 깃털을 수거하기만 하면 이곳에서의 목적은 달성하는 것이었다.

그 방으로 다가서던 카이스와 시노크는 뭔가를 감지한 듯 거의 동시에 화들짝 놀라며 얼굴빛을 바꿨다. 서로 얼굴을 마주 보며 표정을 교환하던 두 사람은 아무래도 자신들이 느낀 것이 착각이 아님을 깨달은 모양이었다.

"왜 그러느냐? 저 안에 뭐가 있기에?"

"…느껴지지 않으시나요?"

바라드는 카이스의 곁으로 다가왔다. 대낮의 하늘에서 별을 찾는 것처럼 구별해내기가 어려웠지만, 바라드는 금세 무슨 말을 하는지 깨달은 모양이었다.

"과연… 어째 눈부시다 했는데, 태양이 저기에 있었군."

그의 말대로 상상을 초월하는 마나를 지닌 괴물이 안에 있었다. 에리온과 비교해도 몇 배 이상이니 괴물이라는 말로도 표현하기 힘들 정도였다.

"미지의 괴물인가? 끝까지 쉬운 일은 없구만."

시노크가 긴장하며 검을 고쳐 쥐었다. 고개를 끄덕인 카이스는 앞장서서 나서려다가 뭔가를 깨닫고 멈칫했다.

"잠깐, 기다려 봐."

문제의 마나에서 카이스는 이상하게도 친숙한 느낌을 받았다. 용량만은 차원이 다르지만 말이다. 그는 곧 그것이 무엇이었는지 떠올릴 수 있었다.

"설마……?"

디오테는 신의 철퇴라는 거대한 장치의 일부가 되어 오랫동안 방치되다 보니 의식을 온전히 유지하지 못하고 거듭 꿈만을 꾸고 있었다. 추억과 공상이 어우러진 세계를 헤매며 시간의 흐름을 잊고… 그녀는 누군가 자신을 구하러 오기만을 기다렸다.

현실이 아닌 이야기 속의 여주인공은 언제나 그녀 자신이었고, 남자 주인공 또한 언제나 같았다.

자신을 구하기 위해서 수많은 난관을 돌파하고 예전과 마찬가지의 미소와 함께 자신의 손을 잡아주는 그를 디오테는 수천 번을 반복해서 만나면서 매 순간 행복해했다. 그것이 진실이 아니란 것을 내심 알면서도 말이다.

이번에도 꿈속의 가짜 카이스가 자신을 구하러 왔다.

"카이스… 씨."

무의식적으로 디오테가 소망하는 사람의 이름을 부르자 부드러운 미소와 함께 공상 속의 카이스는 입을 열었다.

"디오테."

"카이스 씨……."

무의식적으로 대답한 그 순간이었다. 어째서일까? 카이스의 모습이 녹아내리며 흐릿해져 갔다. 의식이 돌아오면서 무의식에서 현실로 전환되는 과정이었지만, 그녀는 그걸 몰랐다.

흐릿한 시야가 돌아왔다. 눈이 다시 기능하기 시작하면서 서서히 흐릿한 초점이 잡혀갔고, 흐려진 공상 속에서 사라져 버린 카이스의 모습이 새로운 모습으로 덧씌워져 갔다. 꿈속에 그리던 그림 같은 모습에 비하면 조금 엉망이었지만, 분명한 카이스의 얼굴이 드러났다.

"디오테."

미소 지은 얼굴로 다시 카이스가 입을 열었다. 공상 속의 것보다 훨씬 마음을 뒤흔드는 선명한 목소리였다.

디오테는 굳어 있는 손가락을 움직이며 바로 앞에 다가서 있는 카이스의 얼굴에 가져다 댔다. 따뜻한 온기가 전해졌다.

“그 사이 많이 예뻐졌네.”

“보고 싶었어요.”

디오테는 카이스를 와락 끌어안았다.

“내가… 얼마나 기다렸는지 알아요?”

그 말을 마지막으로 디오테는 무너져 내리듯 정신을 잃었
다. 쓰러지는 그녀를 붙잡은 카이스에게 시노크와 바라드의
시선이 따갑게 느껴졌다.

“저 괴무… 아가씨가 단장과 아는 사이였수?”

괴물이라 말하려다가 만 모양이었다.

“벨크레아에 있을 때의 제자였지. 너도 이름 정도는 알걸?
디오테 리오즈라고.”

그 이름은 시노크도 익히 알고 있기에 고개를 끄덕였다. 그
때 바라드는 정신을 잃고 있는 디오테의 몸을 살피고 있었다.
그러다가 뭔가를 깨달았는지 중얼거렸다.

“전 황제가 이 아이를 원했던 이유는 얼굴이 예뻐서가 아
니었군. 과연… 그걸 어찌 해결할까 했는데 이런 방법이 있었
나…….”

“바라드 아저씨, 혼자 납득하지 마시고 뭐가 어떻게 된 건
지 이야기해 주세요.”

“아아, 그래. 쉽게 설명해 주마.”

바라드의 말에 따르면, 신의 깃털에서 발산되는 마력은 대
기에 존재하는 것에 비해서 복잡도가 높아서 가공이 힘들다

고 한다. 기운을 끌어모은다 하더라도 일반 마법진으론 구동
되지 않는 것이다. 그래서 깃털 중 하나를 디오테의 육체 안
에 이식하여 일종의 여과기, 안정기로 사용한 것으로 보인다
고 했다.

"한마디로, 다섯 깃털에서 나오는 마력을 사용 가능하게
만드는… 일종의 생체 부속화되었다는 것이지."

"그런 게 가능합니까?"

"저 아이는 리오즈 왕가의 핏줄을 이었지? 그렇다면… 될
것이야. 특별한 핏줄이니까."

"특별하다뇨?"

"……"

바라드는 어째서인지 그 질문은 못 들은 척했다.

"…저런 내공을 지닌 이유는 뭘까요?"

"아마도 몸속의 깃털에서 방출되는 마나와 외부에서 들어
오는 기운이 포화 상태로 몸에 들어차 육체 변이를 일으켰기
때문일 거야. 육체만은 그랜드 마스터 뺨을 때리고도 남지."

"……"

디오테가 라이덴 제국에 입궁했다는 건 알고 있었다. 고생
하고 있을 거라는 생각은 했고 걱정도 되었던 카이스였지만,
설마 그녀가 이런 일을 겪고 있을 줄은 상상도 하지 못했다.

카이스가 말문을 잃고 디오테를 안고 있는 사이에 바라드
는 마법진에서 설치되어 있는 두 개의 깃털을 회수했다. 이로

써 목적은 달성한 것이었다.

"단장, 그 아가씨는 어쩔 거요?"

"당연한 걸 왜 물어? 데리고 가야지."

바라드의 말대로라면 디오테는 신의 철퇴에서 가장 중요한 역할이었으니 라이덴 제국이 필사적으로 되찾으려 할 것이다.

"짐이 늘었구만."

어째서인지 시노크는 불만스러운 목소리로 투덜거렸고, 카이스는 버럭 화를 냈다.

"사람을 짐 취급하지 마. 내가 안고 갈 거야."

업고 가는 게 가장 편하겠지만 의식을 없는 사람을 업는 건 간단한 일이 아닌지라 카이스는 디오테를 양팔로 안았다.

의식이 없는 와중에서도 행복한 얼굴로 카이스의 가슴에 안겨 있는 디오테를 바라보면서 카이스는 과거에 하지 못했던 맹세를 했다.

'이제부턴 내가 지켜줄게.'

그리고 카이스는 양팔에 힘을 더했다.

"꾸물거릴 시간이 없어! 결계 밖으로 벗어나서 공간 이동 지점까지 이동하자!"

바라드의 말에 따라서 그들은 서둘러 움직이기 시작하였다.

*   *   *

네 명의 카일 기사단은 전장에서 외롭고 고된 싸움을 계속하고 있었다.

몇 번째로 덤벼든 공격대인지 기억도 나지 않는 놈들 중에서 마지막을 해치우며 빅터는 물었다.

"이번이… 몇 번째지?"

"몰라. 열한 번째인가, 열두 번째인가?"

브리언은 공격을 격퇴할 때마다 매번 백 명씩 병력의 숫자를 늘려서 보냈다. 이로써 열세 번째의 격퇴였으니 그들 넷이 해치운 적병은 일만을 훌쩍 넘었다.

총병력 30만에 비하면 엄청난 피해는 아니지만, 황제의 취향으로 소모하기엔 도를 넘어선 것이었기에 무의미한 피해를 늘리지 말아달라는 장군들의 진언이 줄을 이었다. 물론 그걸 귀담아 들을 브리언이 아니었다.

"놈들은 지쳤다. 처음처럼 위세 좋게 모조리 두 토막내지 않고, 급소만 노리며 싸우는 모습을 보면 앞으로 길어봐야 두 번 정도나 더 버틸 테지. 자, 다음은 천사백인가?"

"하지만 폐하! 이대로라면 잔여 병력이 도망칠 것입니다!"

"천사백이라고 했다. 얼른 내보내지 않고 뭘 하느냐?"

처음엔 장군의 자리를 준다는 데에 홀려서 나서던 병사들도 열세 번이나 무의미하게 몰살당하는 것을 보다 보니 이제 더 이상 아무도 나서려 하지 않았다. 그래도 가라면 가는 수밖에 없으니 다시 병력이 편성되었다.

"또… 온다!"

"끝이 보이지 않는군!"

네 사람은 지칠 대로 지친 상태였다. 예외없이 온몸에 피칠 갑을 하고 있고, 각기 크고 작은 상처를 입었다. 일당천이라는 소드 마스터이지만, 그들은 단순 계산을 해도 한 사람당 이천오백을 베었으니 이미 한계를 넘긴 지 오래였다.

"체력이 없으면 기력. 기력이 없으면 정신력이지!"

물론 그렇다고 포기할 그들이 아니었지만.

길어도 두 번 만에 끝날 것이라던 브리언의 예상과 달리, 그들은 거기서 세 번의 공격을 더 막아냈다. 시체로 뒤덮인 황야에서 그들은 다시 변함없이 거친 숨을 내쉬며 굳건히 서서 퇴로를 지키고 섰다. 그들 뒤로는 마침내 완성된 교량을 지나서 연합군이 퇴각을 개시하였다. 제국 측에서도 더 이상은 지켜볼 수 없어진 것이다.

"짐이 잘못 생각했군. 놈들은 버틸 것이다. 몇만 명을 내보내든 마지막 한 사람이 죽는 순간까지……."

의자에 앉아 있던 브리언이 마침내 자리에서 일어섰다. 그는 사이한 미소를 지으며 명령했다.

"전군 돌격하라. 선두엔 짐이 선다!"

＊　　　＊　　　＊

카일 공국에선 조엘이 드래곤 로드에게 어째서 이런 일이 일어났는지에 대해서 여전히 설명하고 있었다. 서둘러 이야기하는 것이었지만 반드시 알려줘야 하는 사항은 빠뜨리지 않았다.

그는 당연히 모든 일을 초래한 원흉을 에리온에게 넘겼다. 에리온이 카이스를 납치해 오고, 더불어 최자기라는 소년까지 데리고 오면서 스스로의 죽음뿐만 아니라 대륙 전쟁을 초래한 것은 엄연한 사실이니까.

가만히 이야기를 듣던 드래곤 로드는 에리온을 포함한 드래곤들의 책임 문제를 인정하면서도 다른 점에 의문을 지녔다.

"그대가 무슨 이야기를 하려고 하는지는 알겠네. 그에 대한 책임 문제를 짚기 전에… 이걸 물어보고 싶군."

"무엇이오?"

"일단 에리온이 카이스라는 인물을 납치해 오기 전, 그의 존재를 어떻게 알았을 것 같은가? 그대의 말에 따르자면, 다른 차원에 있는 그의 존재 여부는 카일 대공의 곁에 있던 사람들 중에서도 극히 일부만이 알고 있는 정보였을 텐데?"

"……!!"

순간 조엘은 머리를 터엉! 하고 두들겨 맞은 기분이었다.

그러고 보니 에리온은 도대체 무슨 수로 카이스의 존재를 알았을까? 지금까지 어느 누구도 그 점을 이상하게 여기지 않았었다.

"그리고 카이스가 에리온의 레어를 탈출했다곤 하지만, 그 레어는 침입은 물론이고, 탈출 또한 불가능하도록 고위의 마법진으로 보호받고 있었을 텐데 썰매 따위로 마법진의 영향권을 벗어나 도망칠 수 있었을까?"

"……."

드래곤 로드는 계속해서 몇 가지 의혹을 짚어냈다. 듣고 보니 확실히 이상하지 않은 것이 없던지라 조엘은 말문을 잃고 이야기를 듣고 있기만 했다.

"마지막으로… 카일 대공이 최후를 맞이하고 신검 이니그마와 주신의 깃털이 존재하던 리즈데온의 레어는 의식용 검을 매개로 동작하는 아주 고전적인 형태의 광역 결계가 펼쳐져 있던 모양인데… 나조차도 직접 본 적이 없는 물건을 카일 대공이 과연 어떻게 손에 넣었으며, 사용법은 어떻게 알았을까?"

이야기를 들을 때마다 조엘의 두통은 배가되었다. 머리를 짓누르며 고통스러워하던 조엘은 잠시 후에 호흡을 가다듬으며 겨우 물었다.

"설마 당신의 이야기는 일련의 사건 뒤에… 크윽!"

"그렇지. 배후가 있었을 거라는 말이네. 그 두통을 본다면 아마 그대도 짐작한 적이 있던 모양이군."

처음부터 그 이야기를 하고 싶었는 듯 드래곤 로드는 의미심장한 표정을 지으며 말했다.

"아마도 그 배후는… 음?"

그러나 조엘은 마저 이야기를 들을 사정이 아니었다. 그는 극심한 두통에 급속도로 의식을 잃어가고 있었다. 곧 그가 완전히 의식을 잃어버리자 드래곤 로드는 조엘의 몸 상태를 살피다가 역시 그랬다며 고개를 끄덕이곤 아까부터 등 뒤를 지키고 있던 라파이츠에게 말했다.

"자네는 지금 당장 전장에 있는 연합군 세력에 합류하게."

말없이 서 있던 라파이츠는 불만스러운 목소리로 되물었다.

"인간의 전쟁에 관여하란 말씀이십니까?"

"이건 이미 인간들만의 전쟁이 아니야. 그대 혼자서 나서지 말고 두 명의 동족을 데리고 가는 게 좋겠군."

인간의 일에 관여하란 명령이 어지간히 싫었던 모양인지 그는 불쾌한 얼굴을 감추지 않았다.

"인간들 따위야 저 혼자서도 가능합니다. 그리고 돕겠다는 존재가 있을지 의문입니다만……."

"로드의 명령이라 하게. 이미 둘이 당했어. 혼자서는 위험하네."

그때 한 사람의 목소리가 끼어들었다.

"저도 같이 갑니다."

한 사람이 가까이서 몰래 이야기를 듣고 있었던 것이다. 누구도 인기척을 느끼지 못하였기에 로드는 돌연 나타난 인물의 능력에 내심 감탄하면서 물었다.

"그대는?"

"카일 기사단의 단원입니다."

오랫동안 폐관하고 있던 리엔이 마침내 길었던 깨달음의 시간을 지나서 다시 올라온 것이었다. 리엔은 정신을 잃은 조엘을 바라보면서 걱정스레 물었다.

"조엘님은 괜찮으신겁니까?"

드래곤 로드가 대답했다.

"그는 기억 속으로 떠났네. 내가 곁에 붙어 있을 터이니 안심하게. 아마 그가 다시 깨어나는 순간, 내가 원하는 대답을 들을 수 있을 것 같군."

드래곤 로드가 말한 대로 조엘은 자신의 무의식 속에 흩어진 기억들의 파편을 오가고 있었다.

선명한 기억을 지나서 점점 흐릿하고 단편화된 기억으로 나아갈수록 저항이 강해지는 것을 느꼈다. 바로 리즈데온의 레어 안에서 벌어졌던 싸움부터였다.

그때 조엘은 오황을, 바라드는 에리온을 맡고 있었다. 바라드가 차원 굴절을 사용했다가 그것이 오황에게 해제된 시점까진 어렵지 않게 기억할 수 있었다.

절체절명의 순간, 그는 무리하게 무극현천강을 운기하였다. 목숨을 위협하던 두 마물의 공격을 무마시키고… 그는 에리온에게 일격을 먹였다. 기억이 급속도로 희미해지는 시기는 바로 그 순간부터였다.

'그다음은 어떻게 되었지?

그에 대해서 바라드는 말했다. 조엘은 에리온을 끝장내려 했지만 그 등 뒤를 노리고 공격해 오는 오황 때문에 목표를 바꿨고, 싸움 끝에 자신이 오황을 소멸시켰다고.

조엘 자신으로서도 바라 마지않던 결말. 의심할 이유가 없어야 했다. 그러나 크나큰 위화감이 가시질 않았고, 거기에 대해서 떠올리려 하면 머리가 찢어질 것만 같았다.

조엘은 왠지 알 것 같았다. 그 고통은 외상에서 오는 것이 아니라, 무의식에서 알아선 안 된다고 경고하는 것이라는 걸 말이다. 거기엔 이유가 있을 것이다. 분명 그래야만 했다.

에리온의 날개에 상처를 입히고, 기습해 오는 오황을 맞아서… 어떤 일이 일어났던 것일까?

저항을 뚫고 깊이 은닉된 심층 기억 속으로 조엘은 거듭해서 나아갔다. 안개처럼 뿌옇던 기억이 한순간이지만 선명하게 보였다.

무의식이 경고했다.

"후회하고 말 거다."

조엘은 그 경고를 무시해 버렸다. 그 짧은 시간 동안 무엇이 어떻게 되었는지, 꼭 알아야만 할 것 같았다.

흐릿한 기억 속에서 오황이 뭐라고 소리쳤다. 무슨 말인지는 아직 떠오르지 않는다. 바라드는 오황이 한 말에 대해서 전혀 언급하지 않았었다.

그 말을 떠올리기 위해서 더욱 깊이 들어갔다. 자신이 스스로 걸었는지, 아니면 누군가에 의한 것인지 구별되지 않는 빗장이 걸려 있는 기억을 뚫고 들어가려 하는 그때, 무의식이 마지막으로 경고했다.

"돌이킬 수 없어질 거야."

경고를 무시하고 그 빗장을 풀었다.

그리고… 조엘은 마침내 기억해 냈다.

"아… 아!!"

상상을 초월하는 진실이 거기 있었다. 그걸 알아선 안 되었다. 오황의 말을 떠올려선 안 되었다. 그러나 알아버린 이상 돌이킬 수 없었다.

희미한 기억을 감싸고 있던 안개들이 순식간에 걷혀져 갔다. 거기서 조엘은 드래곤 로드가 제시했던 의문들의 해답을 모조리 찾아낼 수 있었다.

＊　　　＊　　　＊

연합군이 급조된 교량을 통해서 강 건너편으로 퇴각하기 시작했다.

카일 기사단은 해냈다. 이 순간까지 겨우 네 명으로 적들의 연속된 진격을 막아낸 것이었다.

이제 모든 병력이 퇴각할 때까지 조금만 더 버텨내면 될 터였다.

"와라! 천 명이든 이천 명이든!"

마찬가지로 또 조금씩 모아서 보낼 것이라고 생각하면서, 그들은 지친 몸에 기운을 불어넣으며 검을 들었다.

그러나 이번에 다가오는 건 달랐다. 저 멀리서 단 한 사람이 바람과 같이 달려오고 있었다. 어떤 의미로 남은 적 병력 모두가 덤벼드는 것보다 더 최악의 상대였다.

"브리언이 온다!"

제일 먼저 알아본 마일이 소리쳤다.

그 뒤로 적들의 대군이 움직이기 시작하였다. 놀이는 여기까지다. 드디어 총공격이 개시된 것이다.

브리언만은 절대 상대하지 말라고 카이스가 몇 차례나 당부했었다. 그러나 그렇다고 지금 이 자리에서 도망가거나 내버려 둘 순 없는 일이다. 브리언을 막지 않으면 위태위태한 교량이 단숨에 무너져 내리고 다리 위의 연합군은 모조리 수장되고 말 것이다.

"모두 놈을 막아!"

네 사람은 모두 이를 악물며 정면에서 닥쳐오는 브리언을 향해 달려들었다. 브리언에겐 공격이 전혀 통하지 않으므로 해치우기 위해서가 아니라 어디까지나 막아서기 위해서였다.

전장의 중심에서 4대 1의 대결이 시작되었다. 그것도 패배가 확정된, 하지만 반드시 막아야만 하는 대결이었다. 그들이 원하는 것은 결말이 나는 시간을 최대한 늦추는 것뿐. 카이스를 상대로도 몇 분은 버텨내는 그들이니 단숨에 지진 않을 것이라는 게 그들의 계산이었다.

가장 호전적이고 언제나 두려움없이 적을 맞이하던 마일이 역시나 이번에도 제일 먼저 브리언의 앞을 가로막았다.

"여긴 못 지나간다!"

거기에 맞서 브리언은 비릿한 미소와 함께 검을 휘둘러 왔다. 마일은 최대한 공격을 흘려낼 작정으로 방어에 들어갔지만, 브리언의 검은 생각하고 있던 것보다 빠르게 닥쳐왔다.

급히 옆으로 흘러내려 했지만 가공할 만한 속도보다 거기에 실려 있던 검강의 위력이 더욱 위협적이었다.

콰직!

"크억!"

단 일 격을 버텨내지 못하고 검이 부서졌다. 아무리 정에서 동으로 흘려내는 기술이 있다고 하더라도 두 사람의 수준 차이는 명백했으며, 지친 상태에서 감당할 격차가 아니었다. 마일은 비명을 지르며 붉은 피와 함께 바닥에 뒹굴었다.

"마일 대장!!"

"괜찮아! 아직 싸울 수 있어!"

간신히 치명상은 피했지만 출혈량을 보면 무시할 수 있는 수준의 상처는 아니었다.

마일은 남아 있던 네 단원 중에서 엘사로트와 함께 둘밖에 없는 대장 급 단원이었다. 그가 단 일격을 버텨내지 못했다면 나머지라고 뭐가 다를까. 그렇다고 여기서 물러설 겁쟁이는 카일 기사단에 없었다.

"못 지나간다!"

"흥!"

그들은 여전히 앞을 가로막았고, 브리언은 코웃음을 치면서 검을 휘둘러댔다. 여전히 무지막지한 그 공격은 가까스로 치명상을 피하며 흘려보내는 것이 최선이었다. 목숨을 담보로 한 그 방해는 매 순간마다 브리언의 움직임을 막아서는 데 성공했다.

피와 살이 튀는 5분여의 시간. 아끼던 검들은 브리언의 신검 프로비던스를 견뎌내지 못하고 모조리 부러져 나갔고, 하나같이 중상을 입지 않은 사람이 없었다. 하지만 부러진 검 대신에 바닥에 굴러다니는 검을 줍고, 상처가 벌어져도 개의치 않으며 끝까지 항전을 계속하여 브리언의 다리를 묶을 수 있었다. 아무리 브리언이 강하다 해도 목숨을 걸고 막아서는 네 사람을 단숨에 돌파하는 건 무리였다.

브리언은 웃으며 말했다.

"이해가 되지 않는군. 나 하나를 막는다고 뭔가 변할 것 같은가?"

그의 뒤에선 제국의 잔여 병력이 돌격해 오고 있었다. 브리언의 다리는 묶을 수 있어도 30만을 막을 순 없을 터였다.

브리언의 말에 네 사람은 모두 아무런 대답을 하지 않았다. 논리적으로 설명할 이유가 있다면 애당초 브리언이 나서기 전부터 앞을 막아서진 않았을 것이다.

"후후후, 대답을 기대하진 않았다."

브리언의 프로비던스에 맺힌 검강이 더욱 강맹해져 갔다. 아무래도 지금까진 사정을 봐주고 있었던 모양이다.

"이제 죽어라!"

끝장을 내기 위해서 브리언이 검을 치켜들었다. 그 공격을 막아낼 여력이 네 사람에게 남아 있을 리가 만무하다.

'단장님… 우린 여기까진가 봅니다.'

모두 죽음을 각오했다. 그리고 남아 있는 여력을 모두 쥐어짜서 마지막 검강을 덧씌웠다.

　브리언의 검이 휘둘러졌다. 전율이 이는 푸른 검강을 생에 마지막 보는 것이라 확신하며 네 사람은 무의미한 방어 자세를 취했다.

　바로 그 순간이었다.

　검은 그림자가 번개처럼 그들 사이에 끼어들었다.

　콰쾅!

　지축을 흔드는 굉음이 울리고, 네 사람은 자신들이 살아 있다는 사실에 놀라면서 동시에 누가 자신들의 목숨을 구했는지 확인했다.

　브리언의 검을 정면에서 받아낸 인물의 등 뒤에선 허리까지 내려오는 긴 흑발이 바람에 날리며 흩날렸다. 그 아래에서 찬란히 빛나는 은빛의 갑주와 그 사이에 드러난 어울리지 않게 가냘픈 몸. 그게 누구인지 모르는 사람은 없었다.

　네 사람은 울컥하고 치솟아오르는 감정에 모두들 목이 메였다. 가까스로 엘사로트가 소리쳤다.

　“…늦었잖아!”

　“미안해요. 조금 늦었죠?”

　언제나 무표정했던 얼굴에 보기 드문 미소를 지으며 그녀가 돌아보았다.

　리엔이었다.

　“또 카일 기사단인가!”

　브리언의 질문에 리엔은 표정을 바꿈으로써 대답을 대신

했다. 동료들에게 보였던 따뜻한 미소와는 정반대로 차갑게 타오르는 살기가 가득했다.

"그랜드 마스터를 숨겨두고 있었다니, 재미있군."

브리언이 특유의 광기 어린 미소를 지었다. 인사 대신 주고받은 한 합의 공격. 두 사람은 이내 뒤로 멀어지며 간격을 벌렸다. 브리언은 비웃으며 말했다.

"그러나 단지 한 사람이 늘어난 것만으로 전황이 변할 것 같은가!"

"한 사람이 아니야."

리엔은 싸늘히 대답했다. 그리고 살짝 고개를 들어서 하늘을 바라보았다. 그녀의 시선을 따라 브리언이 위를 올려다보자 그곳엔 거대한 레드 드래곤 한 마리가 본체로의 현신을 마치고 드넓은 날개를 펼치고 있었다. 드래곤 로드의 명령에 따라서 연합군의 아군이 된 레드 드래곤 라파이츠였다.

"드래곤이다!"

공포 섞인 동요가 완전히 퍼지기도 전, 라파이츠는 인사 대신 포효했다.

"캬아아아!!"

한순간에 주변이 얼어붙어 버리는 고룡의 포효. 소란스럽던 전장이 침묵에 싸인 동안 라파이츠는 마법을 캐스팅하기 시작하였다. 순식간에 수십 단위의 마법이 시동어를 기다리며 배열되어 갔다.

"어리석은 인간들이여, 그대들이 저지른 죄를 후회하라!"

공포에 굳어버린 인간들이 비로소 정신을 차리기 시작한 것은 무수한 마법이 전개되며 쏟아져 내리려는 순간부터였다.

인류 최후의 날이 이런 모습이지 않을까 싶은 광경이었다. 물론 연합군 측에서는 기쁨의 함성이 터져 나왔다.

"도망쳐……!"

통제를 잃은 제국 측 병사들이 우왕좌왕하기 시작하지만 때는 이미 늦은 뒤였다. 불기둥이 치솟아오르며 단숨에 수천 명이 잿더미로 변해 버렸다. 30만이 넘는 인원이 몰려 있었으니 피해가 더욱 클 수밖에 없었다.

마음만 먹으면 중소 규모의 왕국을 하룻밤 사이에 멸망시킬 수 있는 게 드래곤의 힘이다. 평범한 인간들이 10만 명이든 100만 명이든 모여봐야 아무것도 할 수 없는 것이 당연했다. 그렇기에 드래곤 로드의 명령과 달리 라파이츠 혼자서 나선 것이었다.

문제는 그게 말 그대로 '평범한 인간'에 국한되는 것이었지만.

"드래곤이라… 재미있군!"

자국 병력들이 엄청나게 죽어 나자빠지든 말든, 평범한 인간의 한계를 넘어선 부류인 브리언은 하늘 높이 솟은 레드 드래곤을 보며 즐거워했다.

자신은 안중에도 두지 않고 드래곤에게 덤벼들려는 브리

언을 리엔이 가로막았다.

"멈춰!"

카이스가 드래곤을 해치울 수 있다면 브리언도 가능하다. 그런 의미에서 연합군의 승리는 라파이츠를 지켜야만 가능한 이야기였다. 그러니 결코 브리언이 혼자서 날뛰도록 내버려 둬선 안 되었다.

"흥! 네년은 짐을 막지 못해!"

브리언은 엄청난 기세로 리엔을 몰아붙였다. 아무리 리엔이 그랜드 마스터가 되었다고 하더라도 이제 막 벽을 넘었을 뿐이다. 그녀의 힘으론 프로비던스와 스태그마로 무장한 브리언을 감당하기에 역부족이었다.

순식간에 리엔은 수세에 몰려 가까스로 브리언의 공격을 흘려내는 데에 집중할 뿐이었다. 당연하게도 반격은 꿈도 꿀 수 없었다.

뒤로 물러선 그녀를 무시하고 브리언은 하늘 높이 뛰어올랐다. 목표는 두말할 것 없이 라파이츠였다.

리엔이 뒤를 따르려 했지만 이미 거리는 순식간에 벌어지고 있었다. 그녀는 다급한 목소리로 소리쳤다.

"라파이츠!!"

경고가 헛되지 않아서 라파이츠는 자신을 향해서 빠른 속도로 다가서는 브리언을 알아챘다.

"불을 향해 뛰어드는 어리석은 부나방이여."

라파이츠는 도망치는 대신, 가소롭다는 듯 웃으며 숨을 깊게 들이쉬곤 아가리를 벌렸다. 그의 뱃속에선 이글거리는 화염이 뭉치기 시작하며 이 세상 무엇보다 뜨거운 열기가 농도를 높여갔다. 브레스를 쏘려고 하는 것이었다.

"안 돼! 피해요!!"

리엔은 거듭 소리쳤지만 라파이츠는 귀담아듣지 않았다. 브리언에게 신갑 스태그마가 있다는 사실은 이미 언급하여 알고 있을 텐데, 스스로의 힘을 과신하는 것인지 몰라도 정면에서 브리언을 상대하려는 모양이었다.

"격의 차이를 깨달아라!"

콰아아아아!!

엄청난 기세로 뿜어낸 진홍빛의 브레스가 허공을 박차고 다가오는 브리언에게 그대로 직격했다.

순식간에 무시무시한 열기가 하늘에서 쏟아져 내렸다. 충격 지점에서 거리가 가까운 사람들에겐 살갗이 익어버릴 정도로 지독한 열기였다. 리엔을 포함한 카일 기사단의 다섯 단원도 눈을 감고 급히 호신강기를 운용해야 했다.

열기가 십여 초간 지속된 이후에 가라앉자 그들은 도로 하늘 위로 시선을 옮겼다. 아무리 스태그마라도 저 열기는 막아내지 못했으리라 하는 그런 일말의 희망을 품은 시선이었다.

그리고 모든 사람이 할 말을 잃었다.

"세상에……!"

라파이츠의 힘차게 퍼덕이던 거대한 날개가 움직임을 멈췄다. 이어서 몸체가 체공력을 잃고 힘없이 떨어져 내렸다. 그럴 수밖에 없다. 머리와 목이 분리되면 제아무리 드래곤이라고 해도 살 방법이 없으니.

결코 뒤흔들 수 없는 거산처럼 하늘 위에 군림하듯 버티고 섰던 고룡 라파이츠는 한순간에 생명을 잃은 한낱 고깃덩어리로 전락하여 지상에 추락했다.

쿠쿵!

대지를 뒤흔드는 충격이 지나고 라파이츠의 육체는 마지막으로 한 번 경련하듯 떨린 이후 더는 움직이지 않았다.

아연실색하는 사람들 앞에서 방금 드래곤 슬레이어가 된 브리언이 광소를 터뜨렸다.

"크하하하하하하!! 격의 차이 좋아하시네!"

더는 그를 막을 존재가 없었다. 리엔은 떨리는 손을 겨우 진정시키며 생각했다.

'카이스! 빨리 와요!'

브리언의 손에 드래곤이 쓰러지자 통제를 잃고 엉망진창이 되었던 제국군이 빠른 속도로 지휘에 따르기 시작했다. 그 짧은 시간 동안 당한 병력은 수만에 달했지만 남은 전쟁의 판도를 바꿀 정도의 피해는 아니었다.

"황제 폐하 만세!!"

"와아아아!!"

제국 병사들의 사기는 하늘을 찔렀고, 희망을 찾아가던 연합군의 잔존 병사들은 절망에 빠졌다.

"크크크크, 오래 기다렸지? 이제 네년 차례다."

광기가 흘러넘치는 웃음과 함께 브리언은 리엔을 지목했다. 리엔은 떨리는 손이 들키지 않도록 검을 강하게 움켜쥐며 태연한 표정으로 싸울 준비를 했다.

하지만 싸우기 전부터 리엔은 자신이 브리언의 상대가 되지 못한다는 걸 깨닫고 있었다. 검을 몇 합 섞어보지 않았음에도 매 순간 자신이 한 수 아래라는 걸 뼈저리게 깨달았기 때문이다. 프로비던스와 스태그마가 아니더라도 브리언은 리엔을 모든 면에서 앞서고 있었다.

리엔은 자신이 취할 수 있는 최대한의 방어 자세로 상대가 공격해 오기만을 기다렸다.

브리언은 곧바로 광소와 함께 리엔에게 돌격해 왔다.

"리엔! 돕겠다!"

질 것을 뻔히 알면서도 싸우려는 리엔을 가만히 지켜보지 못하고 동료 단원들이 끼어들려 했다. 그러나 그랬다간 개죽음만 늘어날 뿐이다.

"멀리 떨어져 있어요!"

그녀는 강하게 모두를 만류하며 자신도 덩달아 앞으로 튀어나갔다.

다시 재개된 대결. 리엔은 첫 공격에 자신이 지닌 최대한의 기량을 걸고 검을 마주쳤다.

쾅!

앞서 겪었던 것보다 훨씬 강맹한 브리언의 공격에 그녀는 경악했지만, 한편으론 다른 생각이 들었다.

'이 정도라면 버틸 수 있어!'

버텨내는 것 정도라면 가능하리라. 그런 생각을 할 때즈음, 그녀는 불길한 징조를 발견했다. 지금까지 전장을 헤치고 오면서 한 번도 손상이 가지 않았던 자신의 애검에 미세한 금이 가 있었던 것이다.

*　　　*　　　*

카이스 일행은 신의 철퇴에서 벗어나 바라드가 미리 준비해 둔 공간 이동 마법진까지 이동하는 중이었다. 처음엔 빠른 속도로 벗어나는 중이었지만 개울가에 다다를 때즈음 적지 않은 제국 병력들이 그들의 앞을 막아섰다. 얼핏 봐도 수백 명은 우습게 넘어 보였다.

"배웅 나온 놈들이 많구만."

"어디 숨어 있던 거지… 얼른 돌파하자."

"알겠수. 이것들아! 죽기 싫으면 비켜!"

선두에 서서 돌파하는 시노크가 대검을 무자비하게 휘둘러 퇴로를 확보하였다. 추풍낙엽으로 흩어지는 병사들의 틈을 시노크는 종횡무진 누비며 돌격했다. 그 뒤를 카이스는 디오테를 안은 채 따라갔고, 바라드가 후미에 붙는 놈들에게 마법을 흩뿌리며 공간 전이로 뒤따랐다.

병사들의 포위망을 거의 벗어날 때 즈음에 디오테가 정신을 차렸다. 깨어난 그녀는 게슴츠레 눈을 뜨며 코앞에 보이는 얼굴을 향해 가느다란 목소리로 입을 열었다.

"…카이스 씨?"

카이스는 부드럽게 웃으며 인사했다.

"잘 잤어?"

디오테는 좀처럼 이게 꿈인지 생시인지 구별하지 못하는지 약간 멍한 표정을 짓고 있다가 점점 현실이라는 걸 인식하기 시작하였다. 빠른 속도로 지나가는 풍경과 차가운 바람, 허벅지와 어깨에서 느껴지는 따스한 온기는 현실만이 줄 수 있는 실감이었기 때문이다.

"꿈이… 아니었군요."

그녀의 얼굴은 환하게 밝아지면서 동시에 붉어지기 시작했다. 그 수렁과 같은 곳에서 벗어났다는 사실에 기뻐하면서도 카이스가 양팔로 자신을 안아 들고 있다는 게 부끄러웠기 때문이다.

어쩔 줄 몰라 꼼지락거리며 그녀는 자신이 걸을 수 있으니 내려달라고 했지만, 카이스는 허벅지와 어깨를 감싸고 있는 손에 힘을 더하며 말했다.

“속도 올린다. 꽉 붙들어.”

디오테는 부끄러워서 어쩔 줄을 몰라 하면서도 잡을 곳을 찾았다. 그런데 가슴팍에 안겨 있는 그녀가 붙들 곳이 있어봐야 뭐가 있을까. 옷자락이나 만지작거리다가 디오테는 카이스의 목을 양팔로 끌어안았다.

기다렸다는 듯 카이스는 더욱 강하게 땅을 박차고 속도를 높였다. 처음엔 살짝 감싸고만 있던 그녀였지만 속도가 빨라지니 비명 소리와 함께 놀라서 팔에 힘이 꽉 들어갔다.

믿을 수 없는 속도로 주변 풍경이 스쳐 지나갔다. 반쯤은 하늘을 나는 기분으로 달려가는데도 카이스의 손은 자신을 안정적으로 안고 있으니 곧 두려움은 사라지고 놀라움과 안도감만이 남았다.

“구해주시러 올 거라 믿고 있었어요.”

“…늦어서 미안.”

잠시 후, 탈출용 공간 이동 마법진을 준비해 놓은 지역이 보이기 시작했다.

바라드가 미리 경고했다.

“곧 결계 외곽에 들어선다. 쉴 시간도 없이 바로 이동할 테니 각오해라!”

“어디로 가는 거죠?”

디오테의 질문에 카이스는 씁쓸한 얼굴로 짤막하게 답했다.

“전장으로.”

　　　　　*　　　　　*　　　　　*

　리엔은 잘 버텼다. 날뛰는 브리언을 상대로 도망치지 않고 있는 것만으로도 그녀는 제 몫을 하고 있는 것이었다.

　하지만 힘의 차이가 분명한 이상, 상처없는 영광은 없다.

　불과 십여 분에 지나지 않는 시간을 상대했음에도 깔끔했던 그녀의 갑옷은 성한 곳을 찾아볼 수 없을 정도로 금이 가거나 부서져 있었고, 그 아래에선 붉은 피가 멈추지 않고 흘러내렸다. 검은 이미 두 토막이 나서 검이라고 부르기도 뭣했다. 그러나 리엔은 표정 하나 변하지 않고 브리언을 붙들었다.

　처음엔 신나게 그녀를 몰아붙이던 브리언이었지만 만신창이가 되어서도 자신을 잡고 늘어지는 그녀에게 질렸는지 얼굴을 찌푸리며 물었다.

　"끝까지 짐을 붙들면 뭔가가 변할 것 같은가?"

　리엔은 숨을 몰아쉬며 노려보기만 할 뿐, 대답하지 않았다.

　"흥, 설령 카이스가 신의 철퇴에서 돌아온다더라도 변하는 건 아무것도 없다. 이토록 내 다리를 묶어봐야 마찬가지지."

　"…그게 무슨?"

　리엔이 놀란 건 카이스가 신의 철퇴를 무력화하러 갔다는 사실을 브리언이 안다는 점이었다. 그럼에도 저런 여유로운 표정이라는 건 무슨 뜻일까. 그러나 해명은 없었다.

“처음부터 멸망은 정해져 있었다. 변하는 건 시기일 뿐! 저항 따윈 무의미하다는 걸 모르느냐!”

브리언은 거세게 몰아붙였다. 한층 강도를 높인 공격에 리엔은 필사적으로 방어만을 반복하며 가까스로 버텨냈다.

그러나 무기가 제구실을 못하니 아무리 검강을 덧씌워 방어해도 공격의 여파를 모두 흘려낼 수가 없었다. 매번 부상도 늘어나 공격을 막아낼 때마다 출혈도 늘어갔다.

성격 때문에 내색하진 않아도 그녀의 상처는 가볍지 않았다. 비명을 지르지 않아도 움직임은 눈에 띄게 둔해져 가고 있었다. 하지만 그녀는 물러서지 않았다. 중상을 입어도, 승산이 없다는 걸 알아도 도망치지 않았다.

“에잇! 걸리적거린단 말이다!!”

스태그마로 인해 무적이나 다름없는 브리언이니 리엔을 무시하고 지나가는 것도 가능할 것이다. 그러나 성이 날 대로 났는지 끝장을 볼 생각인 모양이었다. 그렇기에 브리언에게서 봐주는 기미는 이미 사라진 지 오래였다. 매 공격이 전력이고 진심이었다. 리엔은 정말 위태위태한 상태로 반 토막난 검을 가지고 끈질기게 브리언의 공격을 막아냈다. 천 길 낭떠러지 위에 드리워진 외줄을 타는 사람을 보는 게 차라리 이보다 더 마음 놓이지 않을까?

리엔의 체력이 떨어지기 전에 생각보다 빨리 마지막이 다가왔다.

쩡!

닥쳐오는 공격을 받아내는 순간 울리는 소리가 좋지 않았다. 하필이면 반 토막만 남은 리엔의 검이 완전히 깨져 버리는 소리였다. 손잡이만 남은 검을 쥐고서 리엔은 허탈한 표정을 지었다.

촤악!

브리언의 검이 그녀의 상체를 스쳐 지나고 대량의 붉은 피가 사방으로 튀었다. 리엔은 그대로 힘없이 바닥에 쓰러졌다.

"리엔!!"

전투의 영향권에서 벗어나 있던 동료 단원들이 소리를 지르며 움직이기 시작했다. 그러나 시간 내에 닿을 수 없다. 닿더라도 이미 만신창이인 그들로선 구할 수 없으리라.

브리언은 바닥에 쓰러진 리엔을 내려다보며 말했다.

"제법 잘 싸웠다."

다행스럽게도 리엔은 아직 숨이 붙어 있었다. 누가 봐도 그 출혈과 상처 부위는 치명적이었지만 절명만은 피해낸 것이다.

리엔은 바닥에 쓰러진 상태에서 쿨럭거리며 피를 토했다.

"적어도 마지막은 고통스럽지 않게 끝내주지."

브리언은 검을 치켜들었다. 마무리를 지으려는 것이다.

그 순간 그는 보았다, 리엔이 피에 젖은 입가에 가느다란 미소를 짓고 있는 것을.

쐐애애액!!

무언가가 금빛의 궤적을 흩뿌리며 무시무시한 속도로 다가오는 소리였다. 무엇인지 확인할 겨를도 없이 그것은 브리언의 지척까지 다가왔다.

스태그마의 방어력에 절대적인 자신감이 있던 브리언도 감히 몸으로 받아낼 엄두를 내지 못할 정도로 '그것'이 쏘아져 오는 속도는 무시무시했다.

브리언은 늦었지만 검을 휘둘러서 쏘아져 온 물건을 쳐내려 하였다.

꽈쾅!!

그러나 충격을 모두 받아내지 못하고 굉음과 함께 뒤로 수십 미터는 튕겨서 자빠졌다.

역시 스태그마의 도움으로 타격은 그다지 받지 않았는지 브리언은 멀쩡히 바닥에서 몸을 일으키며 중얼거렸다.

"이니그마……?!"

대답이라도 하듯 저편 바닥에 꽂혀 있던 이니그마는 스윽하고 자취를 감췄다. 주인의 재소환에 응하는 것이었다. 이니그마의 등장은 한 사람이 이곳에 도착했음을 알리는 것.

카이스가 모습을 드러낸 것은 다름 아닌 하늘 위에서였다. 빠른 속도로 지상으로 낙하한 카이스는 잠시 브리언을 노려보다가 곧바로 리엔에게 뛰어가서 상처를 살폈다. 그녀의 상처는 예상했던 것보다 치명적이었다. 왼쪽 어깨에서 대각선 방향으로 길게 난 상처는 깊었고, 출혈도 상당하여 지금까지

숨이 붙어 있는 게 기적이라고밖에 할 말이 없었다.

"리엔! 내가 많이 늦었지! 이제 괜찮을 거야!"

"카이… 스, 힘이 되지 못해서… 죄송……."

이 지경이 되어도 이런 말을 하고 있으니 카이스는 울컥 눈물이 쏟아지는 걸 참을 수 없었다.

"마, 말하지 말고… 정신 꼭 붙들고 있어! 알겠지? 명령이야!! 어기면 죽을 줄 알아!!"

리엔은 힘겹게 고개를 끄덕였다. 카이스는 소매로 눈물을 훔치곤 바라드를 찾았다. 마침 시노크, 디오테와 함께 비상마법으로 지상에 착지한 그에게 카이스는 부탁했다.

"바라드 아저씨! 제발……!"

"걱정 마라. 말 안 해도 알아."

바라드는 바로 리엔의 상태를 살피며 회복 마법을 준비했다.

카이스는 그제야 한숨을 돌리고 십여 미터 떨어진 곳에서 갑옷에 묻은 먼지를 털어내고 있는 브리언을 노려보았다.

"이제 신파극은 끝이야? 조금만 더 보면 눈물 났겠는데?"

"…너!"

브리언이 빈정거리며 말을 걸어왔지만 카이스는 지금 이미 꼭지가 수백 바퀴는 돌아간 상태라 말이 나오지 않았다. 그는 눈동자를 새빨갛게 물들인 상태에서 흉흉한 적광을 번득이며 말했다.

“네놈을… 갈기갈기 찢어버릴 테다!!”

카이스가 이토록 열 받은 적이 있었던가. 증오하던 에리온을 다시 만났을 때도 이 정도로 눈이 뒤집히진 않았었다. 이런 모습을 보일 줄은 브리언에게도 예상 밖이었던 모양이다.

“완전히 맛이 갔잖아? 그 계집이 형에겐 특별했나 보군.”

“죽어!!”

반쯤 돌아버린 눈으로 카이스는 바로 브리언에게 달려들었다. 눈 깜빡할 사이에 굉음과 함께 한 합의 공격이 서로 오갔다. 브리언은 이번에도 여유가 넘쳤다.

“눈먼 검에 당할 것 같아?”

분노에 눈이 멀면 검도 눈이 멀고 무뎌지는 법. 브리언은 어렵지 않게 카이스의 공격을 받아냈다.

디오테는 분노에 길길이 날뛰는 카이스의 모습에 큰 충격을 받았다. 이성을 잃은 그의 모습에 놀라기도 했지만, 그 원인이 된 리엔이란 인물에 대한 놀라움이 더욱 컸다.

‘저분은… 카이스 씨에게 무슨 의미인 거죠?’

그녀가 카이스를 다시 만나기까지는 짧지 않은 시간이 걸렸다. 카이스에게 연인이 생겼다고 해도 전혀 이상하지 않은 일이다. 그걸 생각하니 가슴 한켠이 쓰라리는 디오테였다.

한편, 바라드는 리엔에게 회복 마법을 캐스팅했다. 믿으라곤 했지만 확신은 못하겠는지 불안함이 섞인 얼굴이었다.

"늦지 않았어야 할 텐데……."

바라드 특제의 8서클 회복 마법이 리엔의 몸에 퍼져 나갔다. 그러나 상처는 육안으로 보기에 전혀 변화가 없었다. 이런 경우는 치료 시기가 늦었거나 회복 속도가 죽어가는 속도와 팽팽히 맞서고 있기 때문이다. 바라드는 마법의 효과가 사라져 버리기 전에 중첩하여 마법을 캐스팅했다. 그의 얼굴에 긴장 대신 미소가 떠오른 것은 잠시 후였다. 리엔의 상처가 빠른 속도로 아물어가기 시작했기 때문이다. 죽음의 문턱에서 생환에 성공한 것이다.

"리엔은 무사하다!"

그 말이 카이스의 이성을 돌아오게 만드는 스위치가 되었다. 흉광이 번득이던 카이스의 눈동자가 정상으로 돌아왔다. 그리고 분노로 떨리던 검끝도 평온을 되찾았다.

일련의 모든 상황을 디오테는 조마조마한 모습으로 지켜보고 있었다. 리엔의 회복에 디오테도 안도하며 다행이라 생각했지만, 한편으론 그렇지 않은… 약간은 복잡미묘한 기분이었다. 그런 자신에게 혐오감이 들어서 디오테는 고개를 내저었다.

'나도 참, 곁에 있을 수만 있어도 더 바랄 게 없었을 텐데.'

카이스가 자신이 아닌 다른 사람을 마음에 두고 있을지도 모른다는 건 중요하지 않았다. 지금 중요한 것은 카이스가 브리언과 싸우고 있다는 사실뿐. 그녀는 두 손 모아 카이스의 승리를 기원했다.

무사히 몸을 일으키는 리엔의 모습을 확인한 카이스는 안도의 한숨을 내쉬었다. 부글부글 끓던 분노와 몸속을 들쑤시던 요기가 동시에 가라앉았다. 머리가 맑아지니 눈엔 브리언의 모습이 선명히 드러났다. 이제 해야 할 일은 하나뿐.
"여기서 전쟁을 끝내자."
브리언만 해치운다면 드래곤들이 다시 참전할 것이다. 그러니 이것이 마지막 싸움이다. 그렇게 각오하고 카이스는 이니그마를 쥔 양손에 검강을 덧씌우기 시작했다.
찬란한 금빛을 흩뿌리는 검강이 길이를 늘려갔다. 2미터, 3미터, 4미터… 계속해서 그 밀도와 길이를 늘려가던 검강은 곧 6미터에 달했다. 카이스가 이니그마의 반발을 버텨내면서 끌어올릴 수 있었던 한계치였다. 그러나 검강의 기세는 거기서 멈추지 않았다. 6미터를 넘어서 7미터, 8미터를 넘어도 말이다. 브리언은 소리쳤다.
"이니그마에 깃털을 융합시켰구나!"
"그래. 너처럼."
내공을 얼마든지 실어도 이니그마에선 한 치의 반발도 보이지 않았다. 그러니 한 번에 퍼부을 수 있는 최대량의 내공을 쏟아도 문제가 없었다.

하늘을 향해서 치솟은 9미터의 검강. 이것이 모든 제약의 사슬을 끊어낸 카이스의, 제논 수치 58만의 진짜 힘이었다.

"이거, 나도 긴장해야겠군."

거기에 응하며 브리언도 검강을 덧씌웠다. 마찬가지로 거의 9미터에 달하는 높이까지 솟은 푸른 검강. 앞서 확인했던 브리언의 한계였다. 카이스에 비하면 조금 낮지만 거의 동등한 수준이었다.

서로의 눈을 응시하던 두 사람은 약속이라도 한 것처럼 전력으로 검을 휘둘렀다.

쿠쾅!!

예전처럼 브리언의 힘을 흘려내려고 하는 게 아닌 정면으로 맞받아쳐 차원이 다른 뇌성벽력이 울렸다. 소리뿐만 아니라 동반되는 섬광은 번개 따위와 비교할 게 아니었다. 폭발하는 충격으로 인해 주변에 눈을 뜨고 있기도 힘들 정도로 맹렬한 돌풍이 불었다. 신의 무구로 무장한 두 초인의 최종전에 걸맞은 박력이었다.

매 충돌마다 수십 미터에 달하는 공간이 파이며 커다란 구덩이가 만들어졌고, 옆으로 흩어지는 검강의 여파는 끝이 보이지 않는 상흔을 대지에 남겼다. 그 위를 정신없이 오가며 싸우는 두 사람의 무위는 거의 입신의 경지에 올랐다고 봐도 과언이 아닐 지경이었다.

그사이 바라드가 부상을 치료해 준 카일 기사단의 나머지 단원들은 대결을 지켜보며 혀를 내둘렀다.

"정말 우리 단장이지만……."

"대단하다는 말밖에 할 말이 없군."

모두 넋을 빼놓고 대결을 지켜봤다. 동료 단원들은 각기 대결의 결말을 예측했다. 물론 가재는 게 편이다.

"단장님이 이길 겁니다."

"당연한 이야기! 단장은 지난번에 불완전한 상태의 이니그마로 놈을 제압했었어. 완전체의 이니그마를 들고 있다면 두말할 것도 없지!"

"다만… 브리언에겐……."

"스태그마가 있지."

실력에선 승리를 확신해도 불안 요소는 있었다. 신갑 스태그마를 카이스가 돌파할 수 있느냐는 것이 문제였다.

"걱정하지 마라. 카이스는 이길 것이야."

바라드는 짧은 한마디로 승리를 보증해 줬다. 백 마디의 설명보다 그게 더 믿음직했다.

"타하앗!!"

카이스는 기합을 넣으며 거듭하여 검무를 펼쳤다. 이미 브리언의 실력은 예전에 파악해 둔 상태였다. 브리언은 분명히 대단한 실력을 지니고 있지만 카이스의 상대는 아니었다. 하지만 일이 그렇게 쉽게 풀리진 않았다.

'성장했어!'

불과 일주일 사이에 브리언은 그때 보였던 약점을 보강하고 한 단계 레벨업한 상태였다. 거칠었던 공방의 전환이 한층 매끄럽고, 무엇보다 방어가 몰라볼 정도로 두터워졌다.

몇 번인가 그걸 눈으로 보다 보니 그 수법이 어디서 온 것인지 알 수 있었다. 바로 무극검술과 유사했다.

"이놈! 우리 기술을 훔쳐 배웠구나!"

"크크크, 훔치다니? 채용한 거라고. 바로 형처럼!"

브리언은 슬그머니 무극검술의 기수식을 취했다. 그리고 눈에 익은 검로를 그리며 카이스를 공격해 왔다. 자세, 변화, 그리고 위력까지 흠잡을 데 없는 무극검술이었다.

카이스는 깜짝 놀라며 공격을 연거푸 막아냈다. 매번 검을 섞을 때마다 정묘해지는 수법에 기가 막힐 따름이었다.

'과연… 이놈도 나와 같은 부류구나.'

브리언의 성장으로 실력 차이는 일주일 전과 비교해서 많이 줄어들었다. 비슷한 수준의 재능, 전투 능력, 무기를 지니고 있는 두 사람의 대결은 필연적으로 장기화될 수밖에 없었다.

지켜보고 있는 카일 기사단 측에선 가슴이 답답해졌다. 지난번에 실력으로 우위를 보였으니 이번에도 당연히 금방 승리하리라고 예상하고 있었기 때문이다.

"…막상막하로군요."

"쉽게 끝나지 않겠는걸?"

곁에 있던 디오테는 단원들의 표정이 어두워지자 덩달아 불안해하였다.

카이스가 진다? 그런 생각은 추호도 하지 않으려 했지만, 예전 벨크레아에서 오황에게 가슴을 꿰뚫리며 사방에 피를 내뿜던 그의 모습이 눈앞에 아른거렸다.

"부디 카이스 씨가 무사하기를. 부디 카이스 씨가……."

그녀는 두 손 모아 계속해서 주신에게 기도할 뿐이었다. 그런 그녀를 리엔은 복잡한 심정으로 바라보았다.

한때 벨크레아 교육원에서 두 사람이 가까이 지냈다는 이야기는 이미 카이스에게 들은 적이 있었다. 카이스는 부정했지만 디오테가 그에게 적지 않은 의미를 지닌 상대라는 건 리엔도 알 수 있었다.

가슴 한편이 쓰라린 것은 부정할 수 없었다. 하지만 리엔은 디오테에게 적대감이 들진 않았다. 카이스의 안전을 기원하는 저 모습을 보고 어떻게 화를 낼 수가 있을까.

리엔은 마음속으로나마 기원했다.

'꼭 이기고 돌아와 줘요.'

기원에 응답하듯 카이스는 살짝 미소 짓고 있었다. 리엔은 덩달아 미소 지었다.

두 사람의 싸움은 최소 10미터의 원거리에서 대부분 이뤄졌다. 검강을 덧씌운 서로의 무기 길이가 그 정도이기 때문이기도 했고, 어느 한 명이 파고들게 할 만큼 검막이 만만하지 않았기 때문이기도 했다.

카이스는 그 안으로 파고들어야 했다. 그것도 될 수 있는 한 가까이 붙어야 했다. 그러나 브리언의 방어는 촘촘해서 바늘구멍만 한 빈틈도 쉽게 보이지 않았다.

모든 것은 역시 신갑 스태그마를 뚫기 위해서였다.

스태그마의 공략법에 대해서 바라드는 이렇게 말했다.

"아무리 완전체가 된 이니그마라 해도 쉽게 스태그마를 부수진 못할 게다. 문제는 위력이 아니라 법칙이 적용되는 범주니까 말이지."

바라드는 비관했지만 시험해 보지 않을 수 없었다. 카이스는 브리언의 투구에 솟아 있는 긴 뿔을 향해 검을 휘둘렀다. 브리언이 굳이 막아내지 않아도 상관없는 그런 위치였다.

역시 브리언은 공격이 위협적이지 않다는 걸 깨닫고 방어하지 않았다. 지금 상태에서도 방어가 통용될 것인지 궁금한 것은 카이스뿐만이 아니니까.

쾅!

강한 파열음이 울렸고 카이스의 이니그마는 멈췄다. 애석하게도 스태그마에 붙어 있는 뿔은 잘려 나가지 않았다. 예상하고 있던 점이긴 했지만… 막상 현실이 되니 할 말이 없었다.

"저럴 수가!"

지금의 이니그마로도 공격이 통하지 않다니… 지켜보는 사람 모두가 비명을 질렀다.

"크흐흐흐, 아쉽게 되었네."

브리언은 의기양양하게 웃으며 거칠게 반격을 개시했다. 스태그마의 방어력을 자신한 공격 일변도의 무식한 공세였다.

지난번의 대결과 마찬가지의 흐름이 되어갔다. 카이스는 급히 방어에 열중하면서 바라드가 했던 말을 이어서 떠올렸다.

"네가 스태그마를 뚫고 놈에게 타격을 줄 수 있는 방법은 두 가지가 있다. 첫 번째는 역시 일원제멸이지. 그건 위력을 초월한 절대적인 법칙으로 행해지는 기술이야. 무릇 형태를 부여받은 것은 그 무엇도 버티지 못하지. 내 예상대로라면 신의 철퇴의 빛마저도 소멸시킬 수 있을 거다. 물론 숙달이 덜된 너에겐 추천하고 싶진 않지만… 그러면 이제 두 번째 방법인데, 이건 해볼 만하지."

길게 뜸들이다가 바라드는 말했다. 카이스도 이해할 수 있는 단순한 방법을 말이다.

두려움을 잊은 브리언이 결말을 보기 위해서 덤벼들었다. 방어 따윈 안중에 없는 동귀어진의 수법! 거기엔 스태그마의 방어력에 대한 절대적인 신뢰가 숨어 있었다.

카이스가 노린 건 브리언의 방어가 무너진 이 순간이었다. 돌진해 오는 브리언을 맞아서 그는 마찬가지로 돌격해 갔다.

두 사람의 거리는 급속도로 좁혀졌다. 반격해 오는 카이스를 향해서 브리언은 검을 휘둘렀다. 공격에 이어지는 방어를 염두에 두지 않는, 절대적으로 적을 말살하기 위한 공격이었다.

쾅!

먼저 검이 충돌했다. 카이스의 공격은 단번에 밀렸다. 애당초 공격에 실은 힘이 다르니 당연한 이야기이긴 하지만 너무 쉽게 밀려나니 이건 뭔가 이상하다 싶었다. 그러나 브리언은 의혹을 잊었다. 그는 무방비로 드러난 카이스의 목을 향해서 망설임없이 공격을 이어갔다.

휘잉!

그러나 목을 베어버리기 위해 휘둘러진 공격에 아무것도 느껴지지 않았다. 허상이었던 것이다.

'그럴 리가?!'

공격이 맞닿았을 때 느껴지는 이니그마의 감촉은 진짜였

다. 이후에 브리언의 눈에도 보이지 않을 정도로 빠르게 사라지는 건 불가능하다. 그런데도 몸체가 허상이라는 건…….

'공격해 오는 것처럼 보이면서 실제론 무기를 버렸단 건가!'

깨달음은 한발 늦었다. 브리언은 자신의 투구가 붙잡히는 느낌을 감지했고, 어떻게 할 틈도 없이 강하게 바닥을 향해서 패대기쳐졌다.

쿵!

사냥꾼이 살아 있는 토끼를 요리할 때, 토끼의 귀를 잡고 몸을 바위에 강하게 패대기쳐서 숨통을 끊는다. 지금 상황에선 카이스가 사냥꾼이고, 브리언은 토끼나 다름없었다.

카이스는 스태그마의 투구에 붙어 있는 뿔을 손잡이 삼아 브리언의 몸을 사정없이 바닥에 후려쳤다. 몇 번이나 계속해서 울분을 풀 듯 말이다.

쿵! 쿵!

스태그마는 확실히 무적에 가까운 방어력을 자랑한다. 그에 대해서 바라드가 제시한 공략법은 단순했다. 벗지 않으면 안 될 상황을 만들면 된다.

바닥에 아무리 강하게 패대기쳐 봐야 갑옷은 부서지지 않았다. 하지만 머리채를 잡혀서 바닥에 패대기쳐지는 것과 마찬가지이니 매번 브리언은 충격에 정신이 아찔해졌다. 카이스의 힘은 엄청났다. 한 방에 주변의 땅이 뒤흔들릴 정도로 패대기치니 브리언은 의식을 유지하고 있는 것만으로도 버거웠다.

스태그마의 투구는 끈으로 턱 부분에 결합되어 있다. 휘두르는 힘이 거기에 집중되니 브리언은 숨이 막히는 것은 물론이요, 충격 시마다 목이 끊어질 것만 같았다.

쿵! 쿵!

"크아아!"

브리언은 소리 지르며 가까스로 손을 움직여 투구를 분리했다. 그러지 않으면 더는 버텨내지 못하니 당연한 선택이었다.

투구를 벗자 겨우 그 무자비한 패대기질에서 벗어날 수 있었다. 서둘러 몸을 일으켰지만 그는 균형을 잡지 못하고 자리에서 앞으로 무릎을 꿇고 쓰러졌다. 넓어진 시야에 비치는 하늘이 노랗다. 카이스의 손에서는 벗어났지만 목을 졸렸던 것이나 마찬가지니 그는 금방 제정신을 차리지 못했다.

무방비가 되어 드러난 브리언의 머리를 노리고 카이스가 적수공권으로 덤벼들었다.

"타핫!!"

기합성과 함께 카이스의 주먹이 브리언의 머리를 강타했다.

퍼억!!

주먹에 닿는 짜릿한 타격감에 카이스는 전율을 느꼈다. 몇 개의 이빨과 피를 흩뿌리며 브리언은 옆으로 튕겨 나갔다.

바닥에 나동그라진 브리언의 위로 카이스가 계속해 달려들었다. 아직 브리언은 살아 있기에 이 기회를 놓쳐선 안 되었다.

바닥에 쓰러진 채 피투성이가 된 브리언의 머리를 카이스가 강하게 걷어찼다. 어찌 보면 시정잡배들의 싸움이나 다름없는 행동이었지만 그 누가 그를 탓하랴.

허공을 가르고 팽그르르 돌면서 인형처럼 날아가는 브리언이 바닥에 떨어지기도 전에 카이스는 왼손으로 브리언의 멱살을 붙잡았다.

그리고 분노에 가득한 주먹을 휘둘렀다.

퍼억!!

단 한 방이면 충분했다. 브리언의 이빨은 모조리 부러졌고 코뼈는 그대로 내려앉았다. 입과 코로 피를 내뿜으며 브리언은 실신 직전으로 몰렸다. 전투 불능. 브리언의 패배였다.

대(大)자로 바닥에 쓰러진 브리언을 내려다보며 카이스는 이니그마를 다시 소환했다. 이제 마무리를 지어야 할 때다.

브리언의 목에 검끝을 댄 카이스가 잠시의 망설임을 보였다.

브리언… 아니, 최자기는 오래전부터 알고 지냈던 동생이다. 사실 그도 에리온에게 이용당한 피해자가 아닌가.

그런 감정이 남아 있는 터라 막상 이 순간이 오니 조금은 주저하게 되는 것은 어쩔 수 없는 일이었다. 그러나 카이스는 이내 마음을 굳게 먹었다.

살려둬선 안 된다. 용서하기엔 그의 죄가 너무 크다.

카이스는 양손으로 검을 쥐었다. 단숨에 목을 뚫어버릴 생각이었다. 그때 쿨럭거리며 브리언이 정신을 되찾았다.

"자… 깐. 혀엉… 자깐만."

발음이 부정확하지만 잠깐만 기다리라는 말을 하고 싶었던 모양이다. 카이스는 덤덤한 목소리로 말했다.

"이제 끝을 낼 때가 왔어."

"형은… 나를 죽이면 안 돼……."

구차하게 생명을 구걸하는 모습에 카이스는 혀를 찼다.

"넌 마지막까지 날 실망시키는구나."

"나르 죽이면… 후회하걸. 쿨럭쿨럭!"

그러나 카이스는 물러서지 않았다.

"살려두면 더 후회하겠지. 마지막으로 신에게 기도할 시간을 주마."

브리언은 체념한 듯 비릿한 미소를 지으며 말했다.

"용서받길 원했다면… 처음부터 저지르지 않았어."

카이스는 검을 쥔 손에 힘을 더하기 시작했다. 브리언은 마지막으로 말했다.

"형이… 선택한 거야. 잠시 후에… 지옥에서 만나자."

"먼저 가서 기다려라."

푹!

카이스는 검을 찔러 넣었다.

브리언은 한차례 경련하곤 더 이상 움직이지 않았다.

대륙을 뒤집은 그의 허망한 최후였다.

"우와아아!!"

"카이스 대공 전하 만세!!"

숨죽이고 지켜보던 모두가 소리 질렀다. 연합군 측에선 승리의 환성이지만 라이덴 제국 측에선 절망의 소리였다.

"카이스 씨!!"

"카이스!!"

"단장님! 해내셨군요!"

디오테, 리엔, 그리고 동료 단원들이 기뻐하며 달려왔다.

카이스는 땀을 닦으며 웃었다.

바라드도 잘했다는 한마디의 말과 함께 선언했다.

"전쟁은 끝났다!!"

그의 말대로 제국 측에선 아직 남은 병력이 많았음에도 더 이상 공격해 오지 않고 퇴각하기 시작하였다. 그들을 움직이게 한 것은 브리언의 광기였다. 구심점이 사라지니 마치 꿈에서 깨어나듯 그들은 전의를 잃고 물러나길 택한 것이다.

당연한 선택이고, 현명한 선택이었다. 드래곤의 참전이 시작되고 브리언이 패배한 이상, 그들에게 승리란 더 이상 불가능하니까.

그러나 승리의 환성을 비웃듯, 그것이 닥쳐왔다.

쿠쿠쿠쿠쿠쿠!!

갑작스럽게 지진이 닥쳤다. 강도는 별게 아니었지만 이 지진은 최악의 사태의 전조가 아니었던가.

"설마……!"

사람들은 약속이라도 한 것처럼 한 방향을 바라보았다. 이곳으로부터 북서쪽, 샤미트 산맥 방향이었다.

아니나 다를까! 붉은빛이 하늘을 향해서 솟아오르고 있었다.

신의 철퇴가 발사되었다!

"이럴 리가! 주신의 깃털은 모두 회수했는데!"

카이스는 소스라치게 놀라며 바라드를 바라보았다. 놀란 것은 바라드도 마찬가지였던 모양이다. 바라드는 떨리는 목소리로 중얼거렸다.

"설마 마나를 모아두는 시설이 따로 있었단 말인가?!"

확실히 그들은 디오테를 포함하여 모든 깃털을 회수하고 운용하는 마법사들을 처치했다. 에너지원과 운영인들을 해치우면 무력화되리라고 믿었기 때문이다

카이스는 비로소 철퇴에서 근위기사단들을 해치울 때, 어째서 그들 중 누구도 원통해하지 않았는지 깨달았다. 신의 철퇴는 처음부터 파괴가 불가능한 시설이었다. 근위기사들은 그걸 알기에 죽어가면서도 임무를 완수했다는 데에 만족한

것이리라.

모두가 대혼란에 빠진 사이, 참극은 거기서 그치지 않았다.

쿠쿠쿠쿠쿠!!

다시 지진이 일어났다. 서북쪽 하늘에서 새로운 철퇴가 하늘로 솟아올랐다. 이로써 두 번째 발사다.

카이스는 브리언이 마지막에 했던 말을 기억했다.

"형이… 선택한 거야. 잠시 후에… 지옥에서 만나자."

브리언은 자신의 죽음을 신의 철퇴의 발사 스위치로 만들어놓았던 것이다.

"바라드 아저씨!!"

카이스가 다급하게 바라드를 불렀다. 어떻게 하면 좋겠냐는 의미였다. 바라드는 생각에 잠겼는지 대답하지 않았다.

카이스는 바라드를 다그칠 수밖에 없었다. 발사된 신의 철퇴는 지금까지 총 두 발. 그러나 전조로 보아 그 이상 발사될 가능성이 높았다. 결과는 상상하고 싶지도 않았다.

"일단 어디 어디로 쏘아졌는지 알 수 없나요?"

발사되고 명중하기까지 약간의 시간은 있다. 제일 처음에 샤미트 산맥 서부에서 동부로 발사됐던 때에도 지진 이후에 붉은빛이 도달하기까지는 3분 이상이 걸리지 않았던가. 그러니 목표 지역이 멀다면 수십 분에 달하는 시간이 남아 있을 수도 있었다.

"…방향만 본다면 아마도 첫 번째는 벨크레아겠지."

카이스의 얼굴이 더욱 다급해졌다. 벨크레아엔 의형 세텔을 비롯해서 교육원에 있으면서 알아온 많은 사람들이 있다. 그들이 모두 한순간에 증발하게 생겼는데 어찌 다급하지 않을 수가 있겠는가!

"얼른 벨크레아로 가요!"

"가서 어쩔 생각이냐! 대피시킬 시간이 부족하지 않느냐?"

"아까 이런 말씀을 하셨죠? 일원제멸이라면 신의 철퇴의 빛이라도 소멸시킬 수 있다고!"

"그야 그랬지만! 확실한 게 아니라 내 예상이 그렇다는 거지! 그리고 전에 말했듯 다시 그 기술을 썼다간……."

"해볼 수밖에 없잖아요!!"

선택의 여지가 없었다. 바라드도 위험하다고 말릴 수만은 없기에 서둘러 공간이동 마법진을 그리기 시작하였다. 그 안으로 디오테까지 포함하여 수하 단원들이 모두 들어왔다.

"너희들은 여기서 기다리고 있어!"

카이스는 안전을 생각해서 한 말이었겠지만, 호락호락하게 따를 사람이 그들 중 어디 있을까.

"우릴 떼어놓곤 못 갈 겁니다."

단원들은 한결같았고,

"죽어도 카이스 씨와 함께하겠어요."

디오테까지 고집을 부렸다.

마지막으로 리엔이 카이스의 팔을 잡으며 이름을 부르자, 카이스는 어쩔 수 없다는 걸 깨닫고는 말했다.

"그래… 같이 가자."

모두가 손을 하나로 모았다.

바라드는 마법진을 거의 다 완성하면서 투덜거렸다.

"망할 놈. 누구 아들 아니랄까 봐… 또 내 의향은 무시야."

그러면서도 별로 싫은 기색은 하지 않는 그였다.

"준비되었다. 얼른 가자!"

마법진 외부의 공간이 반전되고 모습이 드러난 곳은 카이스에게 친숙한 벨크레아의 중앙 광장이었다.

이변을 감지하였는지 벨크레아의 주민들은 우왕좌왕하며 대혼란이 벌어지고 있었다.

"온다!"

하늘은 어느새 붉은빛으로 물들어가고 있었다. 처음엔 콩알만 했던 것이 삽시간에 태양보다 더 크고 환하게 크기를 키워가고 있었다. 죽음의 빛이 머리 위에서 추락해 오고 있었다.

"시간이 없다! 단발로 철퇴의 핵심을 소멸시켜야 해!"

생각했던 것보다 시간이 없었다. 남은 시간은 길게 잡아도 5분 내외.

"모두 물러서!"

카이스는 바로 사람들에게서 벗어나 일원제멸을 운용하기 시작하였다.

이로써 두 번째 사용하는 극의.

솔직히 카이스로서도 두렵지 않다면 거짓말이다. 일원제멸은 위력만큼 두려운 기술이니까. 지난번처럼 운이 따라준다는 보장은 없다. 조금이라도 운용을 잘못하면 지난번처럼 한쪽 청력을 잃는 정도로 끝나진 않을 것이다.

'선택의 여지가 없다.'

짧은 망설임을 버리고 카이스는 본격적으로 일원제멸의 구결에 따라서 내공을 움직이기 시작하였다.

달아오른 쇳물처럼 내공은 순식간에 열기를 더해갔다. 이건 겨우 시작일 뿐이라는 걸 그는 잘 알았다. 카이스는 고통을 참으며 상상도 하지 못할 정도로 치솟아오르는 파멸의 기운을 각종 세맥을 통해 검으로 집중시켜 갔다.

황금의 빛이 이니그마에 맺혔다. 다행히 지난번처럼 반발이 돌아오진 않았지만 그 대신 검은 진동하며 울부짖었다.

우우웅! 우웅! 우우웅!

아직이다. 카이스는 전신 내공을 아낌없이 퍼부으며 근원의 빛을 더욱 늘려갔다. 빛과 진동이 밀도를 늘려가며 이니그마에선 스파크가 튀기 시작하였다.

파츠츠츠츠!

카이스는 잇몸에서 피가 흘러나올 정도로 이를 악물었다. 기운의 제어가 좀처럼 원하는 대로 되지 않았다. 고통은 상상을 초월했다. 몸속에 용암이 돌아다니는 것만 같았다.

시야가 점멸한다. 붉은 하늘이 파랗게, 노랗게 변하더니 색을 잃은 순백의 세상으로 변모했다. 뜨뜻한 물줄기가 코에서, 귀에서, 눈에서 흘러나오는 느낌이 들었다. 머지않아서 그것이 흘러내려 가는 감각마저도 희미해져 갔다.

"카이스 씨……!!"

디오테가 이름을 부른 것 같다. 그러나 더 이상은 들리지 않았다. 주변 소리가 점점 가느다랗게 들렸다.

감각이 점멸하고, 목숨이 점멸했다. 두 번째 사용임에도 지난번보다 그다지 나아진 것 같진 않았다. 그나마 다행인 건 이니그마에서 반발이 돌아오지 않는다는 것이었다. 그랬다간 카이스는 버텨내지 못했을지도 몰랐다.

균열이 가듯 곳곳이 부서지고 있었다. 육체가, 장기가, 정신이 고장나고 있었다. 그럼에도 의식을 끝까지 붙들어 맸다. 한 방으로 의식을 잃어선 안 된다. 하늘에 쏘아진 철퇴는 하나가 아니었다. 몇 개가 있든 모두 막아낼 때까지 버텨야 했다. 그 뒤에 자신이 어떻게 될지까진 생각이 미치지도 못했다.

하늘에서 다가오는 빛의 구체가 처음과 비교도 안 될 정도로 커져 갔다. 좌우로 부풀어 오르는 기세가 더욱 거셌다. 바로 지척에까지 도달한 것이었다.

카이스는 고함을 질렀다.

"으아아아아아아!!"

그러나 그 목소리는 자신에게 들리지 않았다. 감각에 잡히는 것은 하늘 위에서 떨어져 내리는 철퇴의 중심부. 그 무엇보다 많은 마나가 휘몰아치는 근원이었다.

카이스는 검을 휘두르며 이니그마에 타오르는 기운을 그대로 방출했다.

꽈꽝!!

황금의 섬광이 무시무시한 속도로 방출되며 공기를 소멸시키고 공간마저 찢어버렸다.

키이이이이이이잉!!

빛이 구슬프게 울부짖었다. 그리고… 하늘에서 떨어지는 철퇴에 그대로 직격했다.

마지막 순간까지 카이스는 의식을 잃지 않고 하늘을 바라보았다.

"아아……!"

시야는 불완전했다. 그럼에도 아름다운 광경이라는 건 느낄 수 있었다. 소리는 없었다. 대신 하늘 위에 붉은 꽃이… 진홍빛 석양과 같은 빛의 꽃이 개화하듯 사방팔방으로 흐드러졌다.

파멸의 빛은 마나로 돌아가 목적을 잃고 사방으로 퍼져 나갔다. 카이스의 도박이 성공한 것이었다.

"해냈다!"

그럼에도 카이스는 쓰러지지 않았다. 거친 숨을 내쉬며 잠시 상체를 숙였을 뿐이다. 그리고 희미해진 감각이 돌아오길 기다렸다.

"단장이 벨크레아를 구했소!!"

"카이스!"

"아직… 이야."

아까 발사된 철퇴는 두 발. 아직 한 발이 더 남아 있었다. 그걸 잘 아는 바라드는 이미 공간 이동 마법진을 준비하고 있었다.

"다음은 에벨 동맹의 토르빈이다! 한 번만 더 힘내라!"

그 말을 비웃듯 다시 한 번 지진이 닥쳤다. 세 번째 발사였다.

*　　*　　*

토르빈에서 카이스는 두 번째 일원제멸을 사용했다.

처음보단 확실히 수월했다. 그러나 극심한 고통은 여전했다. 그 과정에서 카이스는 한 번 크게 피를 토했지만 기술의 전개는 멈추지 않았다. 그는 목숨을 걸고 기술을 완성시켰다.

일원제멸의 빛이 다시 한 번 하늘을 갈랐다. 토르빈의 하늘에 떨어져 내리던 신의 철퇴는 빛을 이겨내지 못하고 산산이 부서져 무위로 돌아갔다.

다음은 성 리온 제국의 수도 스피노스덴.

이로써 세 번째였다. 카이스의 몸은 겉으론 드러나지 않았지만 이미 만신창이였다. 결코 적지 않은 대가를 치르고서야 그는 일원제멸의 진정한 사용 방법에 눈을 뜰 수 있었다.

고통은 덜했다. 시간도 단축되었다. 누가 봐도 앞의 두 번보다 훨씬 안정적으로 일원제멸을 준비하였고, 방출하였다.

하늘에 만발하는 붉은 꽃봉오리와 함께, 세 번째 철퇴도 무효화시켰다.

이제 끝이라 생각하고 한숨을 돌리려 했지만 헛된 기대였다. 다시 지진이 일어났기 때문이다. 바라드는 서둘러 철퇴의 목표지점을 계산했다. 계산을 끝낸 그의 표정은 심상치 않았다.

"카일 공국이다!!"

*　　　*　　　*

일행은 서둘러 카일 공국으로 공간 이동했다. 목표를 감지하자마자 온 것이지만 발사 지점에서 카일 공국이 거리상으로 가까운 탓인지 시간이 급박했다.

카이스는 다시 일원제멸을 준비했다. 요령을 깨달았으니 기운이 제아무리 용암 끓듯 치명적이라 해도 컨트롤할 자신이 있었다.

기운이 모이면서 이니그마가 울기 시작했다. 지금까지의 과정은 순조로워 보였다. 일원제멸의 사용법도 완전히 깨쳤으니 더 이상 문제는 없을 터였다.

그러나 카이스의 얼굴이 조금씩 찌푸려지기 시작하였다. 그 낌새를 가장 먼저 알아챈 것은 리엔이었다.

"카이스! 왜 그래요?!"

카이스는 대답하지 않았다. 이를 악물며 지금까지 그랬듯, 내공의 운용에 전력을 다하고 있을 뿐이다. 대답할 겨를이 없었다. 바라드는 금세 무슨 일이 벌어졌는지 알아차렸다. 이니그마에 맺히기 시작했던 기운이 서서히 약해져 가고 있었기 때문이다.

"마나가 바닥났구나!"

바로 그랬다. 무리도 아니었다. 브리언과 싸우고 세 번이나 일원제멸을 사용했다. 카이스의 내공이 아무리 엄청나다고 해도 여태까지 한계를 드러내지 않은 게 오히려 더 신기한 일이었다.

황량한 바람이 불었다. 모두 말문을 잃은 순간에도 하늘에서 철퇴의 빛은 가까워져 갔다. 지금까지의 경험으로 미루어 남은 시간은 기껏해야 3분 내외.

정적을 스치는 바람 속에서 바라드가 말했다.

"디오테였지? 너라면 도움이 될 수 있을 거야."

"예?!"

무슨 말뜻인지 몰라서 어리둥절해하는 디오테에게 바라드는 소리쳤다.

"네 몸에는 순수한 마나가 가득해. 카이스에게 그것을 전하면 된단 말이다! 카이스를 돕고 싶지 않은 거냐?"

"그렇지만 저는……."

"머리는 몰라도 몸은 기억하고 있을 거야. 시간이 없다!"

바라드의 호통에 디오테는 일단 카이스의 곁으로 다가갔다. 어떻게 하는지는 모른다. 그러나 하지 않으면 안 된다는 건 알았다. 힘을 보태주지 않으면 이곳에 있는 모두가 죽는다. 바라드가 할 수 있다고 한 이상 해보지 않으면 안 된다.

디오테는 카이스의 등에 양손을 가져다 댔다. 땀을 얼마나 흘렸던지 등 전체가 축축할 정도였다. 등뿐만이 아니라 전신이 땀에 흠뻑 젖어 있었다. 피에 젖어 있는 곳도 한두 군데가 아니었다.

놀라고 있을 틈이 없었다. 방법은 모르지만 무작정 그녀는 뭔가를 카이스에게 전한다는 것만을 떠올렸다.

'카이스 씨에게 힘을!!'

몸속을 불규칙하게 돌아다니던 열기가 팔을 통해서 카이스의 안으로 흘러들어 갔다. 신의 철퇴의 핵심 부속으로 존재하던 그녀였다. 의지를 통한 것이든 아니든 바라드의 말대로 그녀의 몸은 외부로 마나를 전하는 데에 익숙해져 있었다.

카이스는 미미한 기운이 몸속으로 들어오는 것을 느꼈다. 본래라면 이형의 진기는 충돌을 일으키는 법이지만, 이상하게도 그것은 아무 저항 없이 바닥을 보인 단전 속으로 합일되어 갔다.

트여진 물꼬가 단숨에 뚫려 버리듯 미약하던 흐름은 엄청난 물살이 되어 카이스의 내부에 들어섰다. 그것을 반사적으로 단전에 이끌고, 도착한 것을 그대로 일원제멸의 통제에 쏟아부었다.

약해지기 시작했던 일원제멸의 기운이 주변으로 스파크를 튕기며 힘을 얻기 시작했다. 빠른 속도로 완성에 도달해 갔다.

"대공! 시간이 없습니다!"

그사이 파멸은 코앞에 닥쳐 있었다. 붉은빛은 산 능선을 넘어서 지금 당장에라도 내리꽂힐 기세였다.

더 이상 빛이 커질 수 없을 정도로 확대되고, 저릿저릿한 압력에 짓눌리기 시작했다. 남은 시간은 불과 수초!

카이스는 일원제멸을 완성했다. 그리고 하늘을 향해서 검을 휘둘렀다.

꽈꽝!!

공간을 가르며 쏘아져 나간 일원제멸의 섬광.

키이이이이잉!!

섬광이 철퇴를 관통한 것은 지상에서부터 불과 백여 미터 위의 상공에서였다. 정말 간발의 차였다.

하늘 위에서 붉은빛이 흩어져 갔다. 몇 번이나 보았듯, 그것은 선명한 붉은 꽃이 순식간에 개화하는 것처럼 보였다. 그리고 노을과 같은 붉은 여운이 하늘을 뒤덮었다.

"…끝인가?!"

또다시 발사될 수 있으니 덮어놓고 기뻐할 수도 없었다.

하나 다행히 우려했던 추가 지진은 없었다. 네 번의 발사로 신의 철퇴는 비축되어 있던 마나를 모두 소모한 것이다.

하늘을 물들이고 있던 붉은 여운이 서서히 사라져 갔다. 유난히 따사로운 볕이 내리쬐는 하늘은 눈부시게 푸르렀다.

"끝났다!"

디오테와 동료 단원들이 달려와서 카이스를 얼싸안고 기뻐했다. 카이스는 더는 움직일 기력이 남지 않아서 가만히 몸을 맡긴 채 미소 지었다.

그때, 저택 쪽에서 두 사람이 모습을 드러냈다.

한 명은 조엘이고, 나머지는 카이스가 모르는 인물이었다. 그가 드래곤 로드인 시리오트라는 걸 카이스가 어찌 알겠는가.

"여기까지로군……."

그 순간 바라드가 다가오는 두 사람을 바라보며 중얼거린

말이었다.

그의 목소리와 표정에 착잡함이 묻어났다. 모두 끝났다고 얼싸안고 기뻐해도 모자랄 마당에 그런 표정이라니. 카이스는 그가 왜 그런 얼굴을 했는지 상상도 하지 못했다.

뿐만 아니라 조엘과 시리오트의 표정도 딱딱하게 굳어 있었다. 그들의 표정이… 앞으로 일어날 일을 예고하고 있었다.

CHAPTER 6
밝혀지지 않았어야 할 이야기

BLAST

조엘과 시리오트의 등장과 동시에 불안한 공기가 주변을 감쌌다. 그것은 승전의 기쁨도 짓누를 만큼 답답하고 어두운 느낌이었다.

조엘은 침통해 보이기까지 한 얼굴로 카이스에게 말했다.

"도련님, 이쪽으로 와주십시오."

"예?"

"바라드님에게서 멀어지셔야 합니다."

이게 무슨 뚱딴지같은 소리란 말인가. 조엘의 의도를 전혀 짐작하지 못한 사람들은 조엘과 바라드를 번갈아 살필 뿐, 누구도 움직이지 않았다.

“얼른 이쪽으로 오십시오!”

조엘이 아무 이유도 없이 저런 이야기를 하지는 않을 터. 일단 카이스는 고개를 끄덕였다. 아직 일원제멸의 여파에서 회복되지 못해 몸을 제대로 가누지 못하는 그였기에 수하들에게 부축받아서 이동할 수 있었다.

홀로 서 있는 바라드에게 나머지 사람들의 시선이 집중되었다. 그럼에도 어째서인지 바라드는 가만히 서 있을 뿐이었다.

“도대체……?”

예상 밖의 전개에 어리둥절해하는 건 카이스만이 아니었다. 축하연을 벌여도 모자랄 판국에 이런 위험한 분위기라니.

계속해서 기이한 긴장감이 팽배해져 갔다.

바라드를 적대하는 조엘과 시리오트, 그리고 어쩔 줄을 몰라 하는 사람들, 마지막으로 올 것이 왔다는 얼굴로 가만히 서 있는 바라드. 이 세 집단은 모두 침묵 속에서 서로의 눈치를 살필 뿐이었다.

먼저 그 분위기를 깬 것은 바라드였다. 그는 살짝 고개를 들고는 태연하게 물었다.

“어디까지 알게 된 거지?”

“…모든 것을!!”

대답하는 조엘의 목소리엔 깊은 분노가 맺혀 있었다. 그 한

마디가 비명처럼 날카롭고 싸늘하기만 했다.

"그런가……. 역시 네가 그때 죽도록 내버려 뒀어야 했어……. 나는 너무 무르단 말이야."

바라드는 씁쓸히 웃으며 오른손을 눈높이까지 들어 올렸다. 단순한 동작이었지만, 팽팽한 긴장 속에서 좌중을 움찔하게 만들 정도로 기이한 위압감이 있었다.

제일 먼저 반응한 것은 시리오트였다. 드래곤 로드답게 용언을 통한 대인 마법을 전개한 시리오트는 순식간에 네 개의 대마법을 바라드에게 쏘아 보냈다.

파파파팟!

"앗!"

카이스가 소리 지를 뿐, 대응조차 하지 못할 정도로 엄청난 속도의 마법 전개였다. 지금까지 많은 존재의 마법 연사를 보아온 카이스였지만 시리오트의 것은 그 누구보다 높은 경지의 것이었다. 드래곤의 수장이란 이름에 걸맞은, 수천 년 동안 연마되어 온 기술이리라.

스스스스.

그러나 그것은 아무런 영향도 미치지 못했다. 8서클을 넘어서는 대마법은 바라드의 손앞에서 연기처럼 와해되어 사라졌다.

차원 굴절이 아니라 완성된 마법에 직접 간섭해서 와해시킨 것으로써, 시리오트에 비해서도 손색이 없는 솜씨였다. 물론 여기서 그런 걸 알아챈 사람은 거의 없었지만.

순간 바라드가 무지막지한 살기를 일으키며 말했다.

"감히 나를 시험하다니… 죽고 싶나."

분위기가 바뀌었다. 평소 여유만만하게 저질 농담을 즐기던 그가 아니었다. 카이스는 물론이고, 조엘도 보지 못했던 그의 모습에 모두 얼어버렸다. 예외는 선공을 가했던 시리오트뿐. 그는 이렇게 나올 것을 예상하고 있던 모양이었다.

"예나 지금이나… 여전하군."

"여전하다니. 나는 언제나 근원을 향해서 진보하고 있다. 긴 세월의 대부분을 잠으로 소모하는 너희들과는 다르지."

무슨 이유에선가 완전히 달라진 바라드의 분위기를 카이스는 전혀 따라가지 못했다.

"도대체 무슨……?!"

거기에 대답하려는 듯 시리오트는 입을 열었다.

"오래전… 대륙 북부에 지금의 리오즈 왕국의 전신이 된 소국이 있었고… 그곳엔 마법에 탁월한 재능을 보인 한 인간이 존재했소. 그의 이름은 도리안, 도리안 리오즈."

"……!!"

도리안은 역사에 정통한 사람이라면 누구나 한 번은 들어 봤을 대마법사의 이름이었다. 그 이름에 많은 사람이 놀라는 반응을 보였지만, 가장 크게 놀란 건 디오테였다. 당연히 그럴 수밖에 없었다. 시리오트는 놀란 그녀에게 말을 걸었다.

"그러고 보니 그대의 선조뻘 되겠군."

분위기로 보아 그 도리안이라는 인물이 바라드를 말하는 것이라는 건 당연했다. 누구에게도 알려지지 않았던 바라드의 과거에 대해서 시리오트는 이야기하기 시작하였다.

도리안 리오즈. 천재 중의 천재이자 마법의 역사에 지대한 영향을 미쳤던 위대한 마법사. 그리고 바라드의 본명이다.

일국의 왕족으로서 주어진 환경 속에서 도리안은 재능을 바탕으로 빠른 속도로 성장해 갔다. 역사에 유래가 없는 성장을 보인 그였지만 모든 게 순조롭지만은 않았다.

도리안의 앞에 나타난 첫 번째 벽은 8서클의 벽이었다. 그는 인간 한계점이라는 7서클을 정복했지만, 8서클엔 발을 들여놓지 못했다.

그는 벽을 넘기 위해서 마도에 대한 다양한 지식을 닥치는 대로 익혔다. 그러나 그럴수록 그는 이대론 불가능하다는 확신을 느낄 뿐이었다. 인간은 원래 7서클을 초과하는 마법의 단독 행사를 버틸 수 있도록 만들어진 생명이 아니었다.

왕족으로서 존경받던 그가 변한 것은 그때부터였다.

덜덜덜덜.

디오테는 떨고 있었다. 시리오트가 말하지 않아도 바라드가 어떻게 변했는지 이미 잘 알고 있었기 때문이다.

유서 깊은 리오즈 왕가엔 대대로 두 가지 성향이 두드러졌다. 마법 방면에 걸출한 재능을 지녔거나 스무 살을 넘기지 못하는 결함을 지녔거나다. 디오테는 아마도 전자이고, 그녀의 동생은 후자였다.

먼 옛날 선조가 혈육들에게 저지른 행위 때문이라는 것은 왕가에만 전해 내려오는 비밀이었다.

시리오트의 이야기는 이어졌다.

인간으로서 8서클 마법의 단독 전개는 불가능했다. 결국은 인간의 한계를 벗어나야 했다. 그러기 위해서 벽에 막힌 마법사들은 육체 개조를 하거나 리치 따위의 존재가 되는 길을 택한다.

디오테가 알고 있듯, 도리안이 선택한 것은 생체 실험이었다.

마법 사용에 적합한 신체로 자신의 육체를 개조하기 위해 무차별적으로 실험을 거듭하던 그는 머지않아 자신의 혈육들에게까지 손을 댔다. 신체적 특성이 자신과 가장 유사했기 때문이다.

대부분의 마법사는 자멸하고 만다. 그러나 수많은 희생 위에서 그는 자신이 원하는 것을 얻었다. 8서클 이상의 마법 행사에도 버텨낼 수 있는, 인간의 한계를 넘어선 육체였다.

그런 뒤 도리안은 자취를 감추었다. 역사 속에서 그의 이름은 두 번 다시 나타나지 않았다.

하지만 그는 결코 사라진 것이 아니었다. 도리안은 일정한 간격을 두고 새로운 이름과 신분을 들고 나타났다가 사라지길 반복하였다.

자그마치 1,000년이 넘는 세월 동안 말이다.

그가 다시 나타날 때마다 세상은 혼란의 소용돌이에 빠져들었다. 혼란을 일으킨 것이 그였는지, 아니면 혼란이 그를 불렀는지는 불분명하다. 하지만 확실한 것은 그가 언제나 혼란의 가운데에 있었다는 것이다. 100년 전의 리마 제국이 발발시킨 대륙 전쟁 때도 그랬고, 지금의 전쟁에도 마찬가지였다.

천 년이 넘는 세월을 살아오며 금주와 각종 마도학의 정점에 올라선… 드래곤조차 함부로 건드리지 못하는 최강의 마법사. 그것이 시리오트가 말하는 바라드 르쉐라는 인물의 진면모였다.

그러나 카이스는 이해할 수가 없었다.

바라드가 나이나 본명을 속였다는 게 무슨 상관인가. 천 년도 전에 생체 실험을 했다는 것이 지금 여기서 당장 끄집어내서 배척해야 할 만큼 커다란 죄업이란 말인가.

"…그래서 그게 어쨌다는 거죠? 바라드 아저씨의 정체가 어찌 되었든 아저씨가 없었으면 나는… 여기 있는 모든 사람들은 벌써 몇 번이나 죽었을 텐데!"

"도련님, 무슨 말인지 이해되지 않으시는 겁니까? 과거의 허물이 문제가 아니라 여태껏 일어난 모든 사건의 배후에 그가 있었다는 걸 말씀드리는 겁니다."

카이스는 말문을 잃었다.

"생각해 보십시오!"

조엘은 그 증거를 낱낱이 폭로하기 시작했다.

첫 번째, 에리온이 카이스를 납치해 온 건 사실이다. 그러나 그 이전에 과연 에리온은 어떻게 카이스의 존재 여부를 알았을까? 카일이 다른 세상에서 넘어왔으며, 그에게 아들이 있었다는 사실을 아는 건 불과 서너 명이 전부였는데!

"그건… 아마 아버지의 기록을 해독해서……."

하지만 카이스가 생각하기에도 그럴 가능성은 희박했다. 에리온이 그 내용을 해독하려면 한국어를 알아야 하는데…

그러기 위해선 먼저 내용을 알고 지구로 차원 이동하여 습득해야 하는 것이다. 카이스의 생각은 애당초 말이 되지 않았다.

이어서 두 번째 증거. 카이스가 에리온의 레어에서 탈출할 때, 어째서 방비가 그토록 허술했던 것일까? 그리고 강대한 결계와 마법진으로 보호받는 레어를 썰매로 빠져나온다는 게 가당키나 한 이야기란 말인가!
세 번째, 카일은 70년 전 리즈데온에서 일황과의 대결 이후 사망한 것으로 추정된다. 그러나… 어째서 그는 조엘을 비롯한 부하들을 내버려 두고 혼자서 일황의 뒤를 쫓았던 것일까? 아니, 과연 그는 혼자였을까? 뿐만 아니라 광역 결계를 형성하는 봉인검은 어떻게 손에 넣은 것이며, 마법엔 문외한이던 그가 사용법을 어떻게 알았을까!
그전에… 과연 카일은 일황 때문에 사라진 것일까?!
네 번째, 바라드는 조엘이 에리온과 함께 다른 차원으로 휩쓸려 들어갔다고 말했다. 그러나 조엘은 바라드가 알아냈듯, 에리온의 레어에 있었다. 자신의 목숨을 위협했던 조엘을 에리온이 무슨 이유로 함께 데리고 돌아왔을까?
아니, 애당초 조엘과 에리온이 다른 차원에 휩쓸렸다는 말이 거짓말인 것은 아닐까?

“…….”

카이스는 안 그래도 일원제멸의 여파로 혼미한 머리가 완전히 뒤죽박죽이 되는 기분이었다.

“그럴… 리가…….”

그는 바라드를 누구보다 신뢰했다. 그는 자신을 삼촌처럼 생각하라 했고, 카이스도 아저씨라고 부르며 그를 따랐다. 바라드는 언제나 길을 제시해 줬고 도움을 아끼지 않았다.

그러나… 모든 의문이 바라드의 존재를 대입하면 풀렸다.

“그럴 리 없어. 모든 건 심증에 지나지 않아.”

입으론 부정했지만 카이스는 에리온과 마지막에 했던 말이 머릿속에서 떠나지 않았다.

“웃기지 않겠습니까? 당신은 지금 스스로의 의지로 복수한다고 생각하겠지만, 내가 보기엔 꼭두각시에 지나지 않는데.”

“뭐… 나라고 이런 말을 할 입장은 아니지만.”

“궁금해서 묻습니다. 카이스, 당신은 단 한 번도 이상하다고 생각하지 않았나요? 정말 단 한 번이라도 이용당한다는 생각을 해보지 않았던 겁니까?”

조엘은 다시 한 번 부르짖었다.

“리즈데온에서 에리온과 오황을 상대로 저와 단둘이 남았을 때!! 사실은 무슨 일이 있었는지 아십니까!!"

그리고 조각 나 있던 리즈데온에서의 진실이 드러났다.

그때 바라드의 차원 굴절이 깨지고, 조엘은 무극현천강을 무리하게 운용하여 에리온에게 한 방을 먹였다. 거기까지는 바라드가 했던 이야기 그대로다.

바라드는 조엘이 에리온을 마무리 지으려던 순간, 기습해 오는 오황 때문에 목표를 바꾸었고, 그 싸움에서 오황을 소멸시켰다고 했다. 그러나 그건 모두 거짓말이었다.

진실은 이랬다.

조엘은 에리온에게 공격을 성공시킨 시점에서 큰 내상을 입었고, 무극현천강은 풀려 버렸다. 그는 더 이상 싸울 여력이 없었다.

그때, 혼미해져 가는 의식 속에서 그는 바라드가 마법으로 오황을 공격하는 모습을 보았다. 그리고 그 순간 오황이 바라드에게 뭐라고 소리쳤는지 똑똑히 들었다.

"삼황! 네놈이 왜 배신하는 거냐!"

거기에 바라드는 대답하지 않았다. 대신 본색을 보였다.

엄청난 요기를 개방하기 시작한 삼황… 바라드는 대기진 동파를 사용하며 오황을 밀어붙였다.

과거 일원제멸의 여파로 막대한 요기를 상실한 오황과 힘을 아끼고 있던 바라드의 힘 차이는 극명했다.

오황은 저항했지만 그의 혈무는 대기진동파에 힘없이 와해될 뿐이었다. 그리고 잠시 후,

바라드는 오황을 집어삼켰다.

문자 그대로… 잡아먹혔다.

조엘이 본 것은 거기까지였다.

"……."

공기가 얼어붙었다. 심장을 움켜쥐는 것 같은 충격에 숨이 막혔다. 모두들 자신의 귀를 의심할 수밖에 없었다.

"삼황이라고……?"

"바라드님이?"

"그럴 리가……."

모두 아연실색하며 바라드를 쳐다보았다. 바라드는 여전히 아무 말도 없었다. 대신 그 주변에서 스멀스멀 요기가 피어오르기 시작했다. 대답이라고 봐도 좋으리라.

바라드는 오랜 침묵을 버리고 입을 열었다.

"…내 이야기를 다른 사람에게 들으니 기분이 좋진 않군."

그리곤 씁쓸한 얼굴로 조엘과 시리오트, 마지막으로 카이스를 차례대로 바라보았다.

"이것만은 알아다오. 누가 뭐라고 하든… 나는 너희들을 아꼈다. 이런 말을 하면 우습겠지만… 카이스, 조엘, 카일…

그리고 카일 기사단의 애송이 모두도 마찬가지다."

"……."

누구도 대답하지 않았다. 아니, 뭐라고 대답해야 할지 몰랐다.

"카이스, 조엘의 말은 틀리지 않았다. 일황과 싸우러 간 카일의 곁에 있었던 것, 너의 존재를 에리온에게 알려준 것도… 이후 레어에서 탈출할 수 있도록 손을 써놓은 것도… 모두 내가 맞으니까."

"…어째서?"

떨리는 목소리로 카이스는 한마디를 던질 뿐이다.

"어디부터 말할까… 시리오트가 말한 그대로 오래전의 나는 힘에 굶주려 있었지. 힘을 위해서 영혼을 팔았다고 비난해도 할 말은 없다. 수단과 방법을 가리지 않았던 것은 사실이니까. 디오테여, 본의 아니게 나의 오랜 과오가 너희들에게까지 미치게 되어 미안하구나. 하나 용서해 달라는 말은 하지 않겠다."

참회하듯 바라드는 디오테에게 먼저 사과했다. 천 년의 세월 차이가 있지만, 그는 디오테의 직계 선조가 된다. 디오테는 잠시 몸을 부르르 떨 뿐, 아무 말도 하지 못했다.

바라드의 고백은 계속되었다.

"근원을 알고… 전인미답의 경지를 돌파하기 위해서 안간힘을 쓴 시절도 있었다. 하지만 그걸 아느냐? 나는 오래전에 이미 내가 원하는 힘을 얻었으니! 그래도 멈출 수 없었던 이유는 그저 하나, 나는 죽음을 피하고 싶었다."

어찌 보면 지나치게 인간적인 이유, 생을 향한 갈망.

아무리 개조하고 보강해도 천 년의 세월 속에서 육체는 스러져 간다. 미증유의 힘과 불로불사의 약이라는 엘릭서를 사용해도… 인간의 업을 지고 있는 한, 다가오는 죽음을 완전히 피할 수 없는 것이다.

"어느 날 나는 대륙에 숨어든 한 마물의 존재를 깨닫게 되었다. 죽음 속에서 타인의 생을 덧씌워 자신의 것으로 만드는… 본질적으로 모순덩어리의 마물, 야족을 말이지."

바라드에겐 강렬한 유혹이 아닐 수 없었다. 고민 끝에 그는 활동 중인 삼황을 찾아 그의 혈족이 되었다.

그러나 바라드가 기대했던 것에 비하면 야족은 불안하기 짝이 없는 존재였다. 생과 사, 이성과 광기 사이에서 끊임없이 줄다리기를 해야 하기 때문이었다. 시한의 죽음, 사멸의 업에선 벗어났지만 계산착오였다.

바라드는 삼황의 밑에서 차근차근 자신의 위치를 확고히 하였고, 결정적인 틈을 노려 일을 저질렀다. 야족의 역사에서도 유래를 찾아보기 힘든, 상위 혈족을 제압하고 역으로 힘을 빼앗는 하극상을 성공시킨 것이다.

그는 삼황을 잡아먹고… 삼황이 되었다.

삼황으로서 군림하기 시작하면서 절대적인 힘을 지녔음에

도 바라드는 여전히 야족의 특성에 대한 실망에서 벗어나지 못했다. 힘과는 다른, 존재의 불안정성은 그가 원하던 것과 완전히 대치되는 것이었으니까.

바라드는 안정을 찾기 위해 야족의 뿌리를 찾아 움직였다. 야족의 열두 계통은 이황에게서 비롯되었고, 그 이황은 일황에게서 비롯되었다. 이황의 행방은 알 수 없지만 일황에 대한 기록은 크레아 대륙에서 찾아볼 수 있었다.

오래전 드래곤들의 손에 봉인된 일황을 발견했지만, 막상 봉인을 푸니 제압할 수 없는 그 괴물의 존재에 절망을 느껴야 했다. 야족을 마물로 규정짓자면 일황은 마신의 이름에 어울리는 수준이었다. 바라드가 지닌 모든 수단을 퍼부어도 일황을 다시 봉인시키는 게 한계였다.

그리고 얼마 지나지 않아… 차원을 넘어 생각지도 못했던 자들이 크레아 대륙에 나타났다. 강일을 비롯한 지구 출신의 야족 사냥꾼들이었다.

직접 상대해 보면서 바라드는 사냥꾼 중에서도 카일의 힘이 야족에겐 상극이라고 해도 과언이 아니라는 걸 깨닫고 계략을 세웠다. 아직 미완성인 카일을 도와서 힘을 키우도록 하고, 이후 그로 하여금 일황을 약화시킬 생각이었다.

바라드는 근거지를 옮기고 진정한 정체를 숨긴 채 카일에게 접근하였다. 카일은 바라드가 삼황이라는 사실을 꿈에도 모른 채 그를 동료로서 신뢰하게 되었다. 그리고 50년에 가까운 시간 동안 그는 역사에 알려졌듯, 백색 탑의 주인이자 친구로서 카일의 곁을 지켰다.

마침내 70년 전, 카일의 힘이 궁극에 달하자 바라드는 카일을 주도면밀하게 계획된 함정으로 유인했다. 그리고 일황과 대면시켰다.

"힘든 결정이었다. 그리고… 모든 걸 잃었지."

카일이 일황을 제압하지 못하자 바라드는 봉인검을 이용하여 해당 공간을 폐쇄했다. 일황을 잡아먹고 안정과 불멸성을 지닌 마신이 되고자 했던 바라드의 야망은 또 한 번 무너졌다.

그 시점에서 그는 일황을 약화시키는 것은 불가능하다 판단하고 계획을 모두 접었다.

그렇다고 바라드가 모든 걸 포기한 건 아니었다. 그는 이미 실패할 경우를 대비하여 다른 계획을 세워둔 상태였다. 카일의 아들, 강인수의 존재를 알고 있었기 때문이다.

"일황을 포기했다면 어째서 카이스님을……?"

"말해도 상관없겠느냐?"

마일의 질문에 마치 동의를 구하듯 바라드는 카이스에게 물어왔다. 카이스는 아무 대답도 하지 않았다. 바라드는 그걸 긍정으로 이해했는지 이어 말했다.

"카이스는 인간이면서, 또한 카일이 받은 저주로 인해 이황의 생명을 부여받은 자. 그럼에도 안정된 생을 지닌 최적의 대상이었기 때문이지."

인간으로서 최고의 사냥꾼의 피를 이었고, 그러면서도 최악의 야족이 내린 저주로서 잉태된 존재. 그것이 카이스 자신도 모르고 있던 진실된 정체였다.

"단장님이… 야족이라고?"

"그것도 이황이라니?"

"그럴 리가!"

"……."

모두의 시선이 카이스에게 몰렸다. 그중엔 놀라는 시선도, 이미 알고 있던 시선도 있었다. 조엘과 리엔은 이미 알고 있었던 모양이다. 다행이라면 누구도 카이스에게 적의를 보이진 않았다는 것이다.

바라드의 고백은 계속되었다.

바라드는 과거 한 번 제압했던 에리온을 찾아갔다. 그의 힘으로도 카이스를 납치해 오는 건 문제가 아니었다. 그러나 일의 원흉으로서 카이스의 원망을 살 악역이 필요했고, 인간에 대한 증오를 지닌 에리온이 최적이었다. 에리온은 바라드가 구슬리는 대로 카이스를 납치해 왔다.

"나를 원망하는 건 당연한 일이겠지만, 만약 내가 지구에 있던 너를 가만히 방치했다면 머지않아 너는 요기에 사로잡혀 폭주했을 테지."

"……."

카이스는 아무 대답도 하지 않았다. 사람의 마음을 사로잡던 자신의 연주가 내공을 실은 것이 아닌, 대기진동파와 같은 요기에서 비롯된 기술이라는 걸 그 역시 깨닫고 있었기 때문이다. 바라드의 말대로 한국에서 연주를 계속했다간 언젠가 요기를 억누르지 못하고 폭주해 버렸을지도 몰랐다.

"대륙에 넘어온 다음은 이야기하지 않아도 알 것이다."

침묵을 지키던 카이스가 떨리는 목소리로 입을 열었다.

"…몇 가지 묻겠습니다."

"이제 와서 더 숨길 것도 없겠지."

"최자기를 데리고 온 것도 당신의 계획이었습니까?"

"아니, 그건 에리온이 단독으로 저지른 일이다. 놈이 일으킨 전쟁과 신의 철퇴도 내가 의도했던 일은 아니야. 지금 벌어진 모든 일이 나의 계획에서 나온 건 아니다. 오히려 엉망진창으로 틀어졌지. 지금 이렇게 들통 난 것도 그래서이고."

카이스의 질문은 계속되었다.

"처음부터 바로 나를 집어삼켰으면 간단했을 텐데… 어째서 일을 복잡하게 만들었습니까?"

"그건 그리 간단하지 않은 일이었다. 내가 필요로 했던 건 인간으로서가 아닌, 야족으로서의 너였으니까. 그리고… 막상 보니 인간으로서의 네가 생각보다 좋은 녀석이지 뭐야."

“…….”

“그 시간이 얼마나 되든 네게 인간의 생이 지속되는 동안 곁을 지키는 것도 나쁘지 않겠다고… 이대로 바라드 아저씨로 사는 것도 나쁘지 않겠다는 생각을 했다. 이제 와서 이런 말을 하는 건 많이 늦었지만…….”

쓸쓸한 바라드의 미소에 대응하듯 카이스는 입술을 질근 깨물었다. 바라드의 표정에 담긴 감정이 아쉬움인지 뉘우침인지는 오직 그 자신만이 알리라.

“질문은 거기까지냐? 그럼 이야기는 여기까지 하자.”

고백의 끝은 지금까지의 관계가 모두 종료됨을 뜻했다. 카이스의 곁을 동료들이 둘러쌌다. 모든 것을 폭로당하고 폭로한 바라드가 돌변하여 습격해 오지 않는다는 보장이 없었기 때문이다. 하물며 카이스는 아직 일원제멸의 여파에서 벗어나지 못하고 자신의 몸도 제대로 가누지 못하는 상태였다.

아니나 다를까, 바라드가 한 발짝 다가왔다. 모두가 침을 삼키며 어쩌지 못하고 긴장의 끈을 잡아당길 뿐이었다.

‘어째서 이런… 일이.’

‘누가 거짓말이라고 말해줘.’

이런 생각을 하는 사람이 많았다. 불과 수 시간 전까지만 해도 누구보다 든든했던 길잡이이자 조력자였던 바라드를 적으로 돌려야 한다니. 마음이 내키지 않았다.

　다행히 바라드는 더 이상 다가오지 않고 말했다.

　“여기서 끝을 봐도 상관없겠지. 그러나… 아까 말했듯 나는 카이스를 아끼고 존중한다. 오늘은 이만 물러가지.”

　“…그게 무슨 뜻입니까?”

　“네게 남은 삶이 끝날 때까지 나타나지 않도록 하마. 주어진 삶을 보람있게 사용하도록 하여라.”

　자상한 미소로 카이스를 한 번 바라보는 걸 마지막으로, 바라드는 쓸쓸히 등을 돌렸다. 그리고 훌쩍 모습을 감춰 버렸다.

　“…….”

　바라드가 떠난 자리엔 정적만이 가득했다. 모두 어떤 반응을 보여야 할지 알 수 없었다. 믿음을 배신하고 사람들을 기만한 그에게 분노해야 할지, 최고의 우군이었던 그가 사라졌음을 안타까워야 할지, 더는 일을 벌이지 않고 떠나가 줬단 것에 안도해야 할지 좀체 갈피를 잡을 수가 없었다.

　아니, 그중에서 카이스만은 확연한 반응을 보였다.

　“…어째서 폭로하셨던 거예요?! 지금이 아니더라도… 되었을 텐데… 어째서!”

　조엘로선 전쟁이 끝난 이상 바라드가 돌변할 가능성이 있다고 생각했고, 바라드도 쉬이 여길 수 없는 시리오트가 우군으로 곁에 있는 이 순간 이외엔 선택의 여지가 없었다. 그러나 가슴이 아픈 건 마찬가지라 변명은 하지 않았다.

“왜… 이렇게……”

그 말을 마지막으로 카이스는 정신을 잃었다. 정신력으로 근근이 버텨내곤 있었지만, 그의 육체는 한계를 넘긴 지 오래였다.

그를 부축하며 조엘은 침통한 목소리로 사과할 뿐이었다.

“죄송합니다, 도련님……”

CHAPTER 7
축제는 연기되었다

BLAST

카일 공국에선 조엘과 시리오트를 중심으로 회의가 열렸다. 전후의 처리와 바라드에 대한 대처 방안을 강구하기 위함이었다. 다만 그 자리에 카이스는 없었다. 정신을 잃은 채 이틀이 지나도록 의식이 돌아오지 않았기 때문이다.

하나둘 정리하고 보니 바라드의 진면모는 상상을 초월했다.

삼황으로서의 힘, 9서클 원소 마법과 금주 마법을 자유롭게 구사하는 능력, 원소학에서 각종 분야를 모조리 아우르는 지식, 신의 깃털을 손에 얻음으로써 예상되는 무한한 마나량까지… 어디 하나 전율이 일지 않는 부분이 없었다.

문제는 그것뿐만이 아니었다. 조엘은 더욱 절망스런 사실을 짚어냈다.

"뿐만 아니라 야족의 혈족들을 거느리고 있겠군."

개인의 힘만으로도 대책이 없는데 혈족까지 모조리 끌고 온다면 앞이 막막할 뿐이었다.

마일이 시리오트에게 물었다.

"드래곤 측에선 여태껏 그를 어떻게 견제하고 있었습니까?"

"우리들도 그의 존재를 인지하되 터부시할 뿐, 견제하진 않았소. 그는 인간을 초월한 힘을 지녔지만 호전적인 성향은 아니었기 때문이오. 그저… 인간의 업을 지닌 이상, 세월 속에서 사라지리라 믿었소."

바라드가 인간의 탈을 벗어날 줄은 생각도 하지 못했던 것이다. 결국 그들로서도 더 이상은 바라드의 존재를 외면하고 있을 수 있는 상황이 아니었다.

드래곤과 카일 기사단을 연합한 공동 전선을 구축하는 것에서부터 시작하여 다양한 방법이 논의되었다. 그러나 다 같이 힘을 모아도 야족들의 공격은 막아낼 수 있을지언정 바라드는 감당할 방법이 없었다.

시리오트가 가장 문제 삼는 것은 바라드의 금주 마법이었다. 바라드는 차원 이동, 차원 굴절과 같은 차원계 금주를 사용하는데, 그중에서 역시 차원 굴절이 골치였다.

그들이 지닌 모든 수단을 총동원해도 차원 굴절의 절대방어를 뚫을 수가 없었다. 설령 현존하는 드래곤들이 모두 모여서 동시에 총공격을 퍼붓는다고 하더라도 바라드는 털끝 하나 다치지 않으니 말이다.

"하지만 마법을 펼치는 동안은 피차 공격이 통하지 않으니 반격하는 순간을 노리면 되잖습니까?"

그러나 시리오트는 고개를 저었다. 차원 굴절 마법은 애당초 양방향이 아닌 외부로서의 간섭에만 적용된다. 반격할 때엔 마법을 해제해야 한다는 것은 바라드의 거짓말이었다. 하나하나 알면 알수록 바라드의 기만은 말문을 잃게 만드는 것뿐이었다.

여태 차원 굴절을 무력화시킨 것은 두 차례. 에리온의 손에서 한 번, 오황의 공격에서 한 번이었다. 그러나 에리온이 사용한 방법은 알 수 없고, 오황의 공격은 흉내도 낼 수 없다. 고로 차원 굴절은 여전히 난공불락의 기술인 것이다.

뿐만 아니라 시리오트의 말에 따르면, 바라드에겐 아직 선보이지 않은 또 다른 금주가 있었다. 차원 봉인이라는 이름의 마법인데, 이것도 위협적인 것으로 따지면 차원 굴절 급이었다.

"차원 봉인은 실제로 봉인하는 것과는 달리, 별개의 차원으로 대상을 격리시키는 마법이오. 차원 이동과 마찬가지로 전투용 마법으로 분류하긴 힘들지만, 포착되면 절대로 회피할 수 없고, 봉인되면 절대 탈출할 수 없다는 것이 특징이라오. 아마… 일황을 봉인했던 것이 이 기술일 가능성이 높소."

"무슨… 양파도 아니면서 까면 깔수록 새로운 게 나오는 건지 모르겠군."

"깔 때마다 눈이 매우니 정말 양파가 따로 없군그래."

쓸쓸한 탄식만이 가득하고 타개할 방법은 나오지 않았다. 그나마 다행이라면 그가 카이스의 목숨이 다하는 때까지 공격해 오지 않겠다고 말한 것이었다. 비록 모두를 기만하고 뒤에서 사건을 조종해 왔던 그였지만, 카이스를 비롯한 카일 기사단의 단원들을 아끼는 것은 사실일 것이다. 그러니 그 약속을 지킬 가능성이 높았다.

바라드는 악당이되, 진정한 의미에서 적은 아니었다. 그러한 사실이 한편으론 갑갑한 마음을 더했다.

당장 대책을 찾을 필요는 없었다. 아직도 시간은 많이 남았다. 카이스는 아직 서른도 되지 않았으니 수명이 다하기까진 수백 년이 걸릴 수도 있다.

그 정도의 시간이 있다면 시리오트를 포함한 드래곤 족에서 바라드의 금주 마법을 해주할 방법을 찾을 수 있을지도 몰랐다. 그렇게 생각한 그들은 너무 서두르지 않기로 하였다.

카이스는 나흘째가 되어서야 겨우 의식을 차렸다. 그는 바로 이후 전황과 바라드를 대비하기 위한 회의에서 결정된 사항을 보고받았다.

카이스는 복잡한 얼굴로 고개를 끄덕이곤 말했다.

“그래… 서두를 필요는 없겠지.”

전쟁은 끝났다. 아직 건재한 라이덴 제국의 병력들을 섬멸할 필요도 없이 말이다. 우습게도 퇴각한 라이덴 제국의 병력들은 각기 두세 개의 세력으로 갈라져서 내전을 벌이기 시작했다. 황가의 피가 조금이라도 흐르는 귀족들을 주축으로 한 보수파와 패전의 책임을 묻고 개혁을 도모하고자 하는 급진파; 두 진영 어디에도 속하지 않고 별개의 국가를 건국하려는 움직임까지 섞여 서로 아귀다툼을 벌이고 있었다. 연합군 측 역시 그런 혼란의 소용돌이를 토벌해야 할 이유도, 여력도 남지 않았다.

대륙은 오랜 몸살을 끝내고 평화를 찾아가고 있었다. 선결되어야 할 과제는 잿더미가 된 도시를 재건하는 것. 대륙의 모든 사람들이 힘을 모아야 가능한 일이다.

길었던 겨울이 끝을 맞이하고, 겨우내 얼어붙어 있던 카일 공국을 초봄의 따스한 바람이 녹여가기 시작했다.

카일 공국엔 매일 전쟁으로 잿더미가 된 고향을 등 뒤로 한 실향민들이 찾아왔다. 지금 카일 공국에서 살아가는 이들 또한 대부분 고향을 떠나 카일의 이름을 따라 모인 이들이다. 같은 아픔을 아는 이들이기에 새로운 이웃이 된 이들을 따스하게 맞아들였다.

전쟁에서 카일 기사단의 활약은 눈이 부셨지만, 카일 공국 자체는 변방에 있던 만큼 피해가 거의 없었다. 전쟁 직전 지원받은 식량과 물자도 풍부한 편이니 몰려드는 사람들과 함께 앞으로 카일 공국은 더욱 활기찬 곳이 될 터였다.

그 가운데에서 카이스는 유유자적하다고 표현해도 좋을 만큼 평온한 한때를 보내고 있었다.

복수도, 전쟁도 모두 과거로 흘러가 결실을 맺었다.

그가 목숨을 다하는 날까지 약속된 평화가 있는 한, 얼마가 되었든 여생을 공국에서 평온하게 지낼 수 있으리라.

카이스가 건재한 이상 바라드는 나타나지 않는다. 모두가 그렇게 믿었고, 실제로 하루가 지나고 이틀이 지나가면서 긴장감도 조금씩 희미해져 갔다. 카이스도 조금 말수가 줄고 기운이 빠져 보이긴 했지만, 그 이외엔 평소와 다를 것 없이 보였으니 불안감은 멀어져 갈 뿐이었다.

그러나 카이스의 육체는 이미 정상이 아니었다. 그런 사실을 다른 사람들이 알게 되는 건 적지 않은 시간이 흐른 뒤였다. 그도 그럴 것이, 카이스가 일체 내색하지 않았기 때문이며, 알게 되더라도 주변의 사람들이 할 수 있는 게 없다는 걸 알았기 때문이다.

"걱정하지 마. 모든 게 잘될 거야. 생각해 둔 게 있어."

그는 그렇게 말하며 사람들을 안심시킬 뿐이었다.

카이스의 일과는 아침에 일찍 일어나서 조엘에게 공국의 상황을 보고받고, 수하들과 함께 대련실에서 오후까지 시간을 보낸 후 주변을 간단히 산책하는 것으로 마무리 지어졌다.

그의 곁에는 보통 디오테가 붙어 있었다. 그동안 만나지 못했던 시간을 보상받기라도 하려는 듯, 그녀는 카이스의 뒤를 강아지처럼 졸졸 따라다녔다.

카이스는 몇 번인가 다른 할 일을 찾아보라고 하였지만, 딱히 싫어하진 않는다는 낌새를 알아차린 디오테는 계속해서 카이스의 뒤를 따르며 재잘거렸다.

연모하는 사람의 곁에 있을 수 있다는 것, 그토록 원하던 행복을 그녀가 어찌 포기할까.

그런 그녀의 행동에 심기가 불편한 것은 의외로 마일이나 시노크와 같은 수하 단원들이었다.

"새둥지, 이대로 내버려 둬도 괜찮겠어?"

시노크가 리엔의 마음을 슬쩍 떠봤다. 리엔도 내심 디오테의 행동이 신경쓰였던 모양인지 상관없다는 대답은 하지 않았다. 그녀는 두 사람의 사이에 파고드는 대신 약간의 거리를 두고 지켜볼 뿐이었다. 그럴 만한 이유가 있었다.

"제가 곁에 있으면… 카이스가 불편해해요. 반면에 디오테와 함께 있으면 편안해 보이는걸요."

"그야… 너는 내버려 두면 화장실까지 쫓아 들어가려고 하잖아. 정도껏 해야지."

자업자득이라며 시노크는 혀를 찼다.

"저는 그저 카이스가 행복하기만을 바랄 뿐이니까요."

"…음."

너는 그래도 괜찮겠냐고 물으려 했던 시노크는 입을 다물었다. 묻지 않아도 대답은 뻔했다. 행복하다고 할 것이다. 다만 시노크로선 그녀가 타인을 통해서가 아닌, 스스로 만끽할 수 있는 행복을 누렸으면 싶었다.

단둘이 할 말이 있다며 시노크가 카이스를 찾은 건 잠시 뒤의 일이었다. 디오테를 잠시 내보내자 시노크는 진지한 표정으로 말했다.

"단장, 나는 가정을 꾸리지 않고 검에만 정진해 온 바보지만, 특별히 후회해 본 적은 없수다."

"…갑자기 뭔 소린지……. 그래서?"

"나는 리엔을 딸처럼 생각하고 있소. 어릴 때부터 보아왔고, 성장해 오는 걸 지켜보면서 이런 생각을 한 건 비단 나뿐만이 아니오. 조금 꽉 막히긴 했지만… 그 아이는 카일 기사단의 자랑이자 딸이나 마찬가지요."

"그렇겠지."

"…단도직입적으로 묻겠소. 단장은 리엔을 어떻게 생각하시오? 한 사람의 여성으로서 말이오."

"……."

카이스는 대답하지 않았다. 짧은 순간 당혹스러운 얼굴을 했다가 아랫입술을 살짝 깨물었을 뿐이다. 그리고 잠시 후 고개를 돌려서 시선을 피했다.

"단장! 당신도 리엔의 마음을 알고 있었을 텐데!"

시노크의 다그치는 말에 돌아오는 카이스의 대답은 차가운 단도로 도려내듯 싸늘하고 날카로웠다.

"한 사람의 수하일 뿐이야."

"…그 디오테라는 아가씨 때문이오? 아니! 솔직히 리엔이 그 아가씨보다 못한 게 어디 있소? 리엔도 거기에 뒤지지 않는 미인이잖소! 그리고 가슴이 그 아가씨보다 조금… 솔직히 많이 작긴 하지만…….

"디오테 때문이 아니야. 리엔이 싫은 것도 아니야. 물론 가슴 때문도 아니고. 그저… 누구의 마음도 받아들이고 싶지 않을 뿐이야."

"단장! 하지만!"

"앞으로 더는 이런 이야기를 꺼내지 마. 단장으로서 명령이야."

단호하게 끊고는 카이스는 등을 돌렸다.

"나는… 우리는… 그저 리엔이 행복해졌으면 좋겠소."

한층 가라앉은 목소리로 중얼거리는 시노크에게 카이스는 밖으로 나서며 말했다.

"나도 마찬가지야."

카이스는 대련실의 문을 열고 창백한 안색으로 문 앞을 지키고 있는 디오테에게 말했다.

"이야기는 들었지?"

“…포기하지 않을 거예요.”

“포기해.”

너무 단호한 말에 디오테는 울컥 눈물이 쏟아지려 했다.

“…지, 지금처럼 곁에 있는 건 괜찮은 거죠?”

“나한테 시간 낭비하지 말고 다른 할 일을 찾아봐.”

매정한 태도에 디오테는 뭐라 대답하지 못했다. 멀어져 가는 카이스의 등을 바라보며 쫓을 생각도 하지 못했다.

카이스는 잠시 복도를 걷다가 창가에 비치는 하늘을 바라보면서 중얼거렸다.

“조금 쌀쌀한 걸 보면… 아무래도 날이 흐린 모양이군.”

디오테는 포기하지 않았다. 한 번 거절당했다고 포기할 그녀가 아니었다. 그리고 왠지 모르게 쌀쌀맞게 이야기하긴 했지만, 카이스의 말이 진심 같지는 않았다.

그녀는 이후에도 줄기차게 카이스의 뒤를 따라다녔다. 카이스가 뭐라고 하든 그녀는 카이스의 말벗을 하고, 좋아하는 차를 타주는 시종의 일을 자청하여 계속했다.

하지만 그것도 잠시, 카이스는 곧 특별한 용무가 없으면 가까이 다가오지도 못하게 하였다. 마치 누군가가 자신의 곁에 있는 걸 꺼리는 것만 같이. 처음엔 리엔에게만 국한되었던 것이 모두에게 마찬가지로 적용되었다.

카이스는 얼마 후부터 조금씩 행동 범위를 줄이기 시작했

다. 집무실에서 보고를 받고, 대련실에도 거의 내려가지도 않
았다. 매일같이 하던 산책도 짧아지고 횟수가 줄어들었다.

사람들은 그저 바라드에 대한 충격 때문에 한시적인 심경
의 변화가 생겼으리라 생각했다. 그러나 제일 먼저 낌새를 챈
것은 이번에도 역시 리엔이었다.

"디오테, 잠시 이야기를 할 수 있겠어요?"

리엔은 그나마 카이스와 같이 지내는 시간이 많은 그녀에
게 카이스에게서 건강상으로 이상하다는 느낌을 받지 못했냐
는 걸 물었다. 그러나 디오테는 고개를 저었다. 태도가 좀 쌀
쌀맞아졌다는 것 이외엔 그녀로서도 아는 게 없었다.

"당신은 느끼지 못했군요."

"무엇을요?"

리엔 역시도 확신하지는 못하고 있었다. 그렇기에 아직 섣
부르게 이야기를 꺼내지 못했다.

"…착각이라면 좋으련만."

리엔은 언제나 카이스를 보고 있다. 걸음걸이에서 식습관
까지, 모든 것을 카이스가 알면 깜짝 놀랄 정도로 알고 있는
그녀였다. 요즘 들어 카이스가 더욱 노출을 꺼리곤 있지만,
그녀의 눈을 완전히 피할 순 없었다.

리엔은 요즘 들어 카이스의 움직임이 석연치 않다는 생각
을 하고 있었다.

카이스 정도의 경지라면 극한에 오른 감각을 동원하여 눈

을 감고 귀를 막아도 충분히 상황을 감지할 수 있었다. 리엔이 가능하면 카이스도 가능하다는 것. 그런 카이스가 돌연 눈과 귀만으로 주변을 인지하는 것과 같은 행동을 보이고 있었다.

예를 들자면, 눈이 보이지 않는 장소에서 뭔가가 깨지는 소리가 들렸을 때, 카이스나 리엔은 뭐가 어떻게 깨졌는지 눈으로 보지 않아도 알 수 있다. 그러니 굳이 보려고 하지도 않을 것이다. 그러나 카이스는 눈으로 보고 난 뒤에야 알아챈 것 같은 반응을 보이고 있었으니 어찌 이상하지 않은가.

변한 것은 그것뿐만이 아니다. 카이스의 식습관도 평소와는 다소 달라져 있었다. 한 번 의심을 하기 시작하니 마음에 걸리는 것이 한두 개가 아니었다.

"뭘 느끼셨는데요?"

안달이 난 디오테가 리엔을 보챘다. 리엔은 디오테에게 설명하는 대신 한 가지 시험을 해보자고 말을 꺼냈다.

저녁이 준비되기 전, 아직 짧은 태양이 지고 어둠이 하늘을 집어삼킨 때 디오테는 차를 들고 카이스의 침실로 향했다. 매번 이 시간대에 차를 한 잔 준비하는 것이 디오테에겐 익숙한 일과가 되어 있었다.

다만 이번 차는 디오테가 아닌, 리엔이 끓여서 건네준 것으로, 리엔은 차와 함께 몇 가지의 질문을 주문했다.

그녀는 그걸 머릿속으로 몇 번이나 되뇐 후 문을 두드리며 말했다.

"카이스 씨, 들어갈게요."

카이스는 책장 옆의 의자에 앉아서 창밖을 보고 있었는데, 문이 열리자 곧 평소와 같은 얼굴로 시선을 디오테에게 옮기며 말했다.

"탁자 위에 올려놔."

"따뜻할 때 드세요."

카이스는 고개를 끄덕이곤 탁자 위의 찻잔을 쥐었다.

향을 음미하고 있는 카이스에게 디오테는 리엔이 주문했던 첫 번째 말을 꺼냈다.

"오늘은 달빛이 참 밝네요."

카이스는 창밖으로 다시 시선을 향했다가 말했다.

"그렇군. 근사한데."

그리고 디오테는 카이스가 차를 마시기 시작하는 걸 기다렸다가 다시 물었다.

"차는 어때요? 오늘은 특별히 신경을 써서 끓인 것인데."

"괜찮아. 평소처럼 향도 좋고 농도도 딱 적당해."

대화는 거기까지였다. 디오테는 카이스가 차를 다 마시기를 기다렸다가 빈 찻잔과 함께 밖으로 나왔다.

밖에는 리엔이 기다리고 있었다. 대화를 모두 듣고 있었던 것인지, 그녀는 디오테에게 무슨 일이 있었는지 설명할 필요도 없다 말하곤 질근 자신의 입술을 깨물었다. 찌푸려지는 그

녀의 얼굴과 입술에 빨갛게 맺히는 핏방울의 이유가 무엇인
지 디오테는 이해하지 못했다.

"아니길… 바랐는데."

"뭐가요?"

리엔은 아직 상황 파악이 되지 않는 디오테에게 설명해 주
는 대신 창밖과 찻잔을 손가락으로 가리키고는 곧바로 복도
를 날듯이 달려서 사라져 버렸다. 그녀는 울고 있었다.

디오테는 곧바로 창밖을 확인하고는 비로소 깨달았다.

"…없어?!"

구름에 숨은 것도 아니다. 하늘엔 달이 떠 있지 않았다.

이어서 그녀는 빈 찻잔의 바닥에 남아 있는 차를 맛보고 다
시 한 번 놀랐다.

리엔이 준비해 준 차는 디오테가 평소에 타던 것과 완전히
다른 종류의 차였다. 그리고… 소량이지만 차 맛은 달지도 쓰
지도 않고 소금 간을 한 것처럼 짰다.

카이스는 달이 떠 있지 않은 밤의 달빛을 평했고, 평소와
다른 종류에 소금까지 뿌려진 차를… 평소와 마찬가지라며
마셨던 것이다.

리엔은 고민 끝에 카이스에겐 비밀로 하고 사람들을 불러
모았다. 깊은 밤, 카이스를 제외한 중요 인물들이 소집되어
회의가 열렸다. 거기엔 얼마 전부터 카일 공국에 상주하고 있

는 드래곤 로드 시리오트도 포함되어 있었다.

망설임 끝에 사실을 알리자 모두가 입을 다물지 못했다.

"…그게 정말이야?"

회의장의 분위기는 한순간에 가라앉았다.

"어째서 그렇게 될 때까지 아무도 모를 수가 있지?"

"단장이 필사적으로 숨겼으니 모를 수밖에!"

"요즘 리엔을 피했던 이유도 그것 때문이었나…….'"

아무리 그렇다고 하더라도 여태까지 알아채지 못했던 자신들의 어리석음을 원망할 뿐이다.

"하지만… 전쟁 중엔 건강하셨는데?"

"어째서 이렇게 급속도로……."

조엘은 이유를 짐작했다.

"원인은 여러 가지가 있겠지만, 무리하게 몇 번이나 일원제멸을 사용하셨던 여파가 가장 클 테지. 곳곳에 영구적인 손상을 입으셨던 거야."

"……."

목숨 걸고 전쟁을 종식시킨 대가가 이렇다니, 모두 뭐라 말을 해야 할지 몰랐다. 가라앉은 분위기 속에서 시리오트가 잠시 뜸을 들였다가 말했다.

"…얼마 전, 그가 나를 찾아와 한 가지를 비밀스럽게 부탁했던 것이 있소. 그는… 머지않아 자신의 생명이 경각을 다투는 때가 온다면 목숨을 거두어 달라고 부탁하였소."

"그럴 수가! 그걸 왜 이제야 말하는 겁니까?"

"비밀로 해달라고 했으니 나로서도 망설일 수밖에 없었소. 솔직히 말하자면, 그를 해치고 싶지도 않았소. 그는 바라드를 상대하는 데 반드시 필요한 존재인데다가… 우리 종족도 그에게 빚을 지고 있는 것이나 마찬가지이고, 그대들도 달가워하진 않을 것이니 말이오."

리엔이 무서운 눈초리로 시리오트를 노려보았다.

"걱정하지 마시오. 아무리 부탁받았다고 해도 그렇게 할 생각은 추호도 없으니까."

적이 두려워 무고한 인물을 희생시키는 건 드래곤으로서의 자존심이 용납하지 않는 그였다.

아무튼 확실한 것은 카이스의 육체가 정상이 아니며 남은 시간 또한 많지 않다는 것, 뿐만 아니라 카이스가 스스로의 목숨을 버릴 각오를 하고 있다는 것이었다.

"무슨 일이 있어도 그런 일이 벌어져선 안 됩니다."

설령 바라드를 상대할 방법을 찾지 못한다고 하더라도 결코 그렇게 내버려 두고 싶지 않은 것이 모두의 마음이었다. 그러기 위해서 몇 가지 방책이 마련되었다.

"오늘 이 자리에서 언급된 이야기는 무슨 일이 있어도 도련님의 귀에 들어가선 안 될 것이야! 이곳의 모든 사람은 이후 도련님의 몸이 편찮다는 사실을 알고 있다고 누구에게도 들켜선 안 된다!"

조엘은 몇 번이나 그 점을 당부했다.

카이스가 자신의 몸이 정상이 아니라는 걸 숨기는 이유는 동정받고 싶지 않아서라기보단 그로써 모두가 불안해하는 것을 원치 않기 때문일 것이다. 사람들이 눈치챘다는 걸 안다면 최악의 경우, 카이스는 아무도 모르는 틈에 떠나가 버릴 수도 있다. 그렇기에 비밀은 철저히 지켜져야 했다.

"나는 성 리온 제국에 연락해 보겠소. 그들이라면 카이스 대공의 몸을 치료시킬 방법을 알 수도 있겠지."

시리오트가 한 말이었다.

이어서 바라드에 대한 대처 방안을 논의하였지만 지난번과 마찬가지로 좀체 좋은 생각은 나오지 않았다.

그렇게 시간은 무심히 흘러갔다.

리엔이 알아챈 그대로 카이스의 오감은 상당수가 기능을 잃어가고 있었다. 시력은 이미 거의 사물을 식별하기 힘든 수준이었고, 귀도 거의 들리지 않았다. 혀는 맛을 구별할 수 없고, 촉감과 같은 감각도 무뎌져 있었다. 그런 상태는 하루하루가 지날수록 점점 더 악화되어 갈 뿐이다.

그래도 그는 생활하는 데 문제가 없었다. 보이지 않아도 주변은 인식되고, 들리지 않아도 무슨 말을 하는지 알 수 있었다. 향기를 맡거나 음식의 맛을 보는 건 어쩔 수 없지만, 생활하는 데 다른 사람의 도움이 필요한 지경까진 악화되지 않았다. 감각은 무뎌졌지만 그의 정신은 전혀 무뎌지지 않았다.

카이스는 해가 질 무렵이 되면 밖을 한 바퀴 돌며 오감을 통해 미진하게 느껴지는 것들을 곱씹곤 했다. 피부에 닿는 공기의 서늘함도, 흙을 밟을 때의 감촉도, 초목의 색깔들도. 머지않아서 그 모든 것을 추억 속에서 곱씹어야 할 순간이 올 것이니.

그는 특히 해질 무렵에 누구의 참견도 받지 않고 몰래 저택의 굴뚝 위로 올라서 서편을 바라보는 것을 좋아했다. 어스름한 주홍빛 석양은 희미하지만 기억 속의 풍경과 겹쳐져 아직도 가슴 한 켠을 따뜻하게 하였다.

그리고 끊임없이 생각했다. 많은 것을 추억하고 스스로 평가하였다.

한국에서 아버지와 지냈던 10여 년의 추억.

홀로 살아온 10년의 세월.

이젠 희미해진, 이룰 수 없는 과거의 꿈.

자신을 납치한 에리온과 그로 인해서 겪었던 고통과 감금.

탈출하여 벨크레아 교육원에서 아이들에게 음악을 가르치며 지냈던 나날들.

죽을 고비를 넘기고 사막을 떠돌며 도망치던 시절.

리즈데온에서의 사투.

카일 기사단의 단장으로서 수하들과 검을 겨루던 시절.

영지민들을 위해서 식량을 구하러 곳곳을 돌아다녔던 시기.

매일 피에 젖은 손을 외면했던 전장의 기억.

그리고 바로 지금 이 순간.

"뭐야……. 나란 놈의 인생도 그렇게 엉망은 아니었잖아."

그다지 긴 시간은 아니었다. 음악가를 꿈꾸던 단칸방의 딴 따라 인생이 참으로 많은 일을 겪었다.

스스로 평가하기로 이만하면 괜찮지 않나 싶었다. 비록 고되고, 외롭고, 스스로의 의지를 넘어선 손에 조종당하고… 배신당했다고 하더라도.

그는 매 순간 스스로의 의지로 걸었다.

스스로의 의지로 노래했다.

스스로의 의지로… 싸웠다.

많은 사람을 죽였지만… 그보다 많은 사람들을 구했다.

그랬다. 그걸 깨달으니 마음이 한층 가라앉았다. 원망도 미련도 희미해져 가고 의식은 고요함 속에서 날카로워졌다. 그리고 희미하게 전해지던 나머지 감각들이 단절되어 갔다.

휘이이이잉.

그리고 한차례 바람이 불었다.

카이스도 그걸 느꼈다.

문득, 이런 생각이 들었다.

바람이 분 것인가, 아니면 공기가 움직인 것인가.

생각해 보니 단순했다.

공기가 움직인 걸 바람이라 부르는 것뿐.

공기는 존재이고, 바람은 현상이다. 그러나 공기를 움직이게 하는 것이 존재하는 이상 바람 또한 존재가 될 수 있다.

카이스의 의식이 점점 확대되어 갔다.

불어오는 바람은 습기를 가득 머금고 있었다. 바람이며 공기이기도 한 존재는 가득 모여 물방울이 되고, 물방울은 하늘에서 떨어져 내리기도 한다.

소리없이… 카이스의 의식은 폭발하듯 열리고 있었다.

아아, 그랬다. 어디든 존재가 있었다. 처음부터 있었던 것이다. 사소한 변화가 현상이라 불릴 뿐.

세상엔 삶도, 죽음도 없었다. 그 또한 복잡하게 얽힌 존재와 현상일 뿐.

아직도 바람이 분다.

모든 것을 품고 있는 바람이 분다.

무지막지한 전율. 폭발하는 의식의 확장 속에서 카이스는 무한한 환희에 젖어 있었다.

압도적인 깨달음의 폭풍이 불었다.

세상에 존재하는 만물이 연쇄적으로 귀결되어 갔다. 그 중심에 '근원' 이 있었다. 얼핏 본 적도 없는, 닿으리라 생각해 본 적도 없던 근원이 다가오고 있었다.

환희 속에서 카이스는 자신도 모르는 사이에 눈물을 흘렸다. 마지막으로 아버지가 남기고 갔던 말은 이런 뜻이었다.

모든 것을 잊는다는 건 모든 것을 새롭게 본다는 것, 나 자신 또한 새롭게 깨닫는다는 것.

오감에서 단절되어 존재만이 남아서 깨닫다니!

모든 깨달음이 하나의 형태를 이루고 나서야 카이스는 움직임을 멈췄다.

지붕 위에 앉은 채 이미 사라진 땅거미를 좇는 석상마냥 한 시간이고, 두 시간이고 움직이지 않았다.

찌푸린 하늘이 돌연 폭우를 쏟아내기 시작했다.

카일 공국엔 한바탕 난리가 났다. 카이스가 모습을 보이지 않았기 때문이다.

언제나 잠시 밖을 산책하는 건 모두가 알고 있었지만, 일정 시간이 되면 나갔을 때와 마찬가지로 홀연히 나타나는 그가 모습을 감춰 버렸다.

수하들이 자신의 몸 상태를 알고 있다는 걸 눈치챘다면 홀로 사라져 버렸을 수도 있다. 그렇기에 모든 인원이 동원되어 카이스의 행적을 찾았다.

그러나 카이스의 모습을 본 사람은 아무도 없었다. 평소처럼 잠시 밖으로 나서는 모습은 몇 사람에게 목격되었지만 유령처럼 자취를 감춰 버렸다.

카이스의 이름을 부르며 두 시간 이상 공국과 뒷산을 포함하여 이 잡듯 뒤졌지만 쉽사리 그의 모습을 찾을 순 없었다.

수색 끝에 리엔이 그의 모습을 저택의 굴뚝 위에서 발견했을 때, 리엔은 안도하기 이전에 절망했다.

“카이스……!!”

차갑게 쏟아지는 빗줄기 아래에서 카이스는 온몸이 싸늘하게 식어 미동도 하지 않았다. 새하얗게 타버린 잿더미처럼, 실이 끊긴 인형처럼, 태엽이 풀려 버린 기계처럼.

석상마냥 정좌한 채 서편을 향해 있을 뿐이었다.

“카… 카이스! 일어나요! 카이스!!”

리엔은 카이스의 이름만을 몇 번이나 부르며 싸늘해진 그의 몸을 잡고 흔들었다.

그러나 카이스는 쉽사리 움직이지 않았다.

절망스런 그녀의 외침을 따라 사람들이 하나둘 지붕 위로 올라섰다.

모두 새파랗게 질린 얼굴로 빗속에서 싸늘히 식은 카이스와 그를 붙들고 오열하는 리엔의 모습만을 지켜볼 뿐이었다.

“카이스 씨……? 거짓말이야…….”

디오테도 눈물을 흘렸다. 거칠기로 둘째가라면 서러운 시노크가 울상을 지었다.

“어째서……!”

“이건 너무 갑작스럽잖아!!”

“이럴 수가 있나!”

모두가 울음을 터뜨리며 탄식과 함께 분노했다. 신이 존재하고 운명이란 게 있다면 어째서 이렇게 야속할 수 있는지, 원망하고 또 분노했다.

그 자리에서 침착함을 유지한 것은 시리오트가 유일했다. 그는 둥실 떠서 굴뚝 위로 올라가 카이스의 몸을 살폈다.

"…아직 슬퍼하긴 이르오. 그의 몸엔 아직 미약하지만 생명의 온기가 남아 있으니."

뜻밖의 소식에 모두의 표정이 한순간 밝아졌다. 그러나 시리오트의 말은 아직 끝난 것이 아니었다.

"아마도 잠시 가사 상태에 빠진 것 같소. 다만 이대로 다시 의식을 차릴 수 있을지는 나로선 알 수 없군."

쏴아아아아.

침묵 속에서 무정한 빗줄기만이 귀청을 찢듯 우렁차게 퍼져 갔다.

그런 침묵이 얼마나 이어졌을까, 리엔은 카이스가 눈을 뜨는 것을 보았다. 카이스는 앞이 보이지 않는 눈동자를 깜빡이며 곁에 있는 리엔을 바라보는 것처럼 시선을 움직이곤 입을 열었다.

"…미안. 잠깐 잠이 들었던 것 같네."

반쯤 죽었다가 의식을 차린 것치곤 또렷한 목소리였다. 이 순간의 카이스는 속으로 아차하면서도 자신이 건재하다는 걸 연기하고 있는 것이었다.

거기에 부응해야 했다. 카이스의 눈이 보이지 않는다는 사실이 이 순간엔 다행이었다. 울어서 엉망이 된 얼굴이 들키지 않을 테니까. 리엔은 필사적으로 태연함을 가장하여 말했다.

"이… 이런 데에서 자면… 안… 돼요."

그래도 떨리는 건 어쩔 수 없었나 보다. 그래도 폭우 소리에 묻혀서인지 카이스는 눈치채지 못한 모양이었다.

"다음부터는 조심할게."

마치 아무 일도 없었던 것처럼 카이스는 몸을 일으켰고 저택의 아래로 몸을 던졌다. 사뿐히 착지하여 젖은 몸을 털어내곤 안으로 들어서는 그의 모습은 평소와 같아 보였다. 그런 사실이 지켜보는 사람들의 가슴을 더욱 아프게 했다.

침실에서 잠들어 있는 카이스의 모습을 지켜보며 리엔과 디오테는 한숨도 자지 못했다.

규칙적인 템포로 가느다랗게 호흡하는 카이스의 모습에서 잠시라도 눈을 뗄 수가 없었다. 카이스는 이제 두 번 다시 일어나지 못할 수도 있었다. 이게 마지막 모습이 될지도 모른다.

카이스는 많이 쇠약해져 있었다. 평소 같았으면 작은 인기척에도 바로 잠에서 깨어났겠지만, 얼마 전부턴 누가 업어 가도 모를 정도로 깊이 잠들어 일어날 줄을 몰랐다.

두텁게 이불을 덮어뒀음에도 카이스는 오한이 드는지 몇 번이나 오들오들 떨었다. 감기라도 들면 큰일이었다.

디오테는 이불에 반쯤 덮인 카이스의 손을 살며시 쥐었다. 아직 싸늘했지만 그래도 한 줌의 온기가 남아 있었다. 그럼에도 카이스는 여전히 잠에서 깨어나지 않았다.

전해지는 온기 때문일까, 아니면 누군가가 곁에 있다는 사실에 안도하는 것일까. 카이스의 떨림이 한층 줄어들었다.

다른 한 손을 쥔 것은 리엔이었다. 카이스의 떨림은 곧 완전히 가셨다. 표정도 다소 편안해진 것처럼 보였다.

……

그렇게 길고도 짧은 밤이 흘렀다.

해가 떠오르지 않기를 바라고, 시간이 여기서 멈추길 바란 밤이었다. 그러나 어김없이 태양은 떠올랐다. 햇살은 침대 위에서 오랜만에 평온한 표정으로 잠든 세 사람을 따사롭게 비추었다.

카이스는 그로부터 이틀을 더 잤다. 그사이 성 리온 제국에서 초빙된, 교주를 포함한 대주교들이 카이스의 몸을 살펴보고 치료해 보려 했지만 유감스럽게도 진전은 없었다.

"그가 죽어가는 것은 상처 때문이 아니라 주어진 생명력이 다하였기 때문입니다. 엘릭서를 이용한다면 모를까, 유감스럽지만 우리의 기도로는 그를 도울 수가 없군요."

엘릭서를 구할 수 있었으면 진작 사용했을 것이다.

희망을 걸고 있던 것이 무너지자 모두 탄식할 뿐이었다.

교주는 한 가지 더욱 중요한 이야기를 했다.

"아마도 앞으로 두 번… 그가 두 번째 가사 상태에 들어간다면 마지막이라고 생각하는 게 좋을 것이오."

“두 번…….”

예고하진 않았지만 그 시일은 가까울 터였다.

차원 굴절의 해주법도, 카이스의 회복 방법도 요원할 뿐이
다. 좋은 소식은 없지만 사람들은 활기차게 움직이려 무던히
애를 썼다.

그런 사실을 모르는 카이스는 하인들에게 한 가지 소식을
듣고 오랜만에 들뜬 표정을 지었다.

“봄맞이 대축제라… 그거 즐겁겠는걸.”

카일 공국에서는 매년 길고 긴 겨울을 보내고 봄을 맞으며
벌이는 축제가 있다. 올해는 앞으로 닷새 뒤에 벌어질 예정인
데, 즐겁게 먹고 마시며 노래 부르는 축제라는 말에 카이스는
기대가 큰 모양이었다.

“나도 참가해도 되나?”

“그러고 말고요. 대공 전하께서 참가하신다면 분위기가 더
욱 좋지 않겠습니까?”

매일 기운이 없어 보이다 오랜만에 기쁜 얼굴을 하는 카이
스의 모습에 영지민들은 자극을 받은 모양인지 모두 흥에 겨
워 축제 준비에 힘을 보탰다. 카일 공국의 인구도 많이 늘었
으니, 올해는 유달리 활기찬 축제가 되리라.

“다 같이 합주도 하면서 노래도 부르면 더욱 즐겁겠네요.”

그저 그랬으면 좋겠다는 마음에서 디오테가 한 말에 카이

스는 더욱 기쁜 표정을 지었다.

"그렇지. 분명 즐거울 거야."

그로 인해서 카일 공국에선 작전이 세워졌다. 축제 전에 카이스가 좋아하는 악기 같은 걸 공수해서 기운을 북돋아주자는 것이었다.

전쟁 이후 협력 관계가 된 드래곤들의 도움으로 디오테는 벨크레아로 피아노와 기타를 구입하러 갔다. 여전히 인기리에 팔리고 있던 모양인지 상인들은 고개를 절레절레 저으며 물량을 구하기 쉽지 않다고 입을 모았지만, 카일 공국으로 갈 물건이라고 하자 카이스와 안면이 있던 상인, 칼브가 나타나 물건을 구해줬다.

"대영웅이신 카이스 부관님… 이 아니라! 카이스 대공 전하께서 쓰실 거라니 최고급으로 준비했습니다."

싱글벙글 웃으며 칼브는 돈까지 받지 않고 물건을 넘겨줬다. 한때 카이스와 알고 지냈다는 게 그에겐 평생의 자랑거리가 되었기에 이 정도는 당연한 일이었다.

"대신 칼브가 안부를 전했다고 꼭 말씀 전해주십시오!"

"예, 기뻐하실 거예요."

예상대로 악기들을 잔뜩 가지고 돌아가니 카이스는 기뻐하는 얼굴을 보여줬다.

"너무 서둘러 준비한 거 아니야? 축제는 아직 닷새나 남았잖아."

"뭐, 어때요? 준비는 이르면 이를수록 좋잖아요."

한층 밝아진 얼굴만으로도 디오테는 하루를 꼬박 악기를 구하러 다녔던 피로가 가시는 것 같았다.

"오늘은 늦었으니 내일은 오랜만에 합주나 한번 해볼까?"

"좋아요. 저, 실력이 많이 늘었으니 놀라실걸요."

그날따라 카이스는 기분이 매우 좋아 보였다. 카이스와 디오테뿐만 아니라, 소문의 연주를 궁금해하던 사람들은 내일을 기대했다.

그러나 다음날, 고대하던 합주는 벌어지지 않았다.

다음날에도, 그다음 날에도 마찬가지였다.

잠자리에 누운 카이스는 깨어나지 않았다. 심지어 깨어나라고 흔들어도 죽은 듯이 자고 있을 뿐이었다. 다행히 가사 상태에 빠진 건 아닌 듯했지만, 이번처럼 오래 잠든 것은 처음이었다.

어느덧 카이스가 잠든 지 5일이 지났다.

날짜상으론 카이스를 포함한 많은 영지민들이 고대하던 축제일이었다. 그러나 축제는 시작되지 않았다.

카이스가 축제에 참가하지 못한다는 소식에 축제를 준비하던 영지민들이 자발적으로 축제를 연기한 것이다.

카이스가 몸을 일으킨 것은 8일째의 아침.

침대에서 부스스한 모습으로 일어난 그에게 리엔은 억지

로 활기차게 웃으며 말했다.

"좋은 아침이에요. 축제까지… 앞으로 나흘이네요."

의식이 돌아온 카이스는 내색을 하지 않으려 했지만, 누가 봐도 더욱 기운이 없어 보였다.

고대하던 합주의 시간. 카이스에겐 어제 한 약속을 지키는 것이었겠지만, 다른 사람들에겐 9일 만의 일이었다. 그러나 누구 하나 내색하지 않았다.

카이스가 자신의 몸 상태를 숨기느라 애쓰듯, 다른 사람들도 그의 비밀을 지켜주고 있었으니까.

저녁 식사가 끝난 뒤, 저택의 회의실에는 피아노가 설치되었고 몇 대의 기타도 준비되었다.

먼저 디오테가 그동안 갈고닦은 솜씨를 자랑했다. 원래 재능이 있었던 데다가, 라이덴 제국에 갇혀 있는 동안 죽어라고 연습한 덕에 그녀의 솜씨는 카이스도 감탄할 정도였다.

박수갈채가 터지고, 이번엔 카이스의 차례가 돌아왔다. 그는 기타를 잡았다. 참 오랜만에 잡는 기타였다. 한때의 꿈을 대변했던 악기를 잠시 만지작거리던 카이스가 곧 연주를 시작했다.

그가 선택한 것은 조지 윈스턴의 캐논 변주곡.

사람들이 숨죽인 침묵 속에서 그의 손가락이 움직이고, 움직임은 공간을 점하는 소리로 변해갔다.

스트로크로 잔잔하게 도입부를 풀어나간 그의 연주는, 반복되는 멜로디가 시작되면서 햄머링, 풀링오프와 같은 기교로 연속되는 핑거 스타일로 전개되었다.

적당히 편곡한 선율은 화려하고 기교가 넘치면서도 잔잔한 물결과 같이 편안하고 깔끔하게 사람의 감성을 자극했다. 반복되는 선율을 매번 조금씩 다른 느낌으로 연주하면서도 전체적으로 조화로움이 살아 있었다. 디오테를 제외한다면 모두가 음악에는 문외한이었지만, 경탄하지 않는 사람이 없었다.

이토록 아름다운 연주이건만, 마음 한구석에서는 안타까운 생각이 떠올라 가슴이 쓰라렸다.

'이게… 눈도 귀도 보이지 않는 사람의 연주라니.'

감각이 완전히 단절된 어둠과 침묵의 공간 속에서 카이스는 자신의 연주를 어떻게 느끼고 있을까. 아마도 그는 이 자리에서 귀로 듣는 사람들과 같은 소리를 자신의 기억 속에서 재현하고 있을 것이다.

중반부에 들어서면서 연주는 점점 열기를 더해갔다. 자신도 모르는 사이에 감정이 북받쳐 올랐다. 카이스의 특기인, 한때는 내공을 이용하는 것이라 믿었던… 감정을 싣는 연주였다.

불과 4분가량의 연주가 끝나자 모든 사람들은 진심으로 자리에서 일어나 기립박수를 쳤다. 환호 속에서 카이스는 고백하듯 말했다.

"고향에 있을 때 나는 이걸로 세상을 바꿀 수 있을 거라고… 나에겐 그럴 능력이 있다고 믿었어."

잠시 자조적인 웃음을 짓던 그는 이어서 말했다.

"…내 연주가 사람을 홀리는 악마의 선율이라는 건 꿈에도 몰랐지."

잠시 이어지는 침묵. 그 끝에서 카이스는 찝찝함을 털어버리듯 고개를 저으며 말했다.

"그래도 나쁜 건 음악이 아니잖아. 자, 기왕이면 모두 즐겨줬으면 해. 디오테, 같이 연주할까?"

"예."

디오테는 피아노에 앉았다. 그리고 카이스의 지시를 기다렸다. 무슨 곡이든 주문하기만 하면 칠 준비가 되었다.

그러나 카이스에게선 아무런 말도 나오지 않았다.

"카이스 씨?"

디오테는 뒤돌아서 카이스를 바라보았다. 그리고 곧 이유를 알 수 있었다.

카이스는 눈을 감은 채 석상처럼 앉아서 미동도 하지 않았다. 무슨 일이 벌어졌는지는 자명했다.

가사 상태에 빠진 것이다.

약속이라도 한 것처럼 사람들은 움직이지 않고 자리를 지켰다. 소란을 피웠다간 카이스가 의식이 돌아왔을 때 자신에게 뭔가 문제가 있었다는 걸 눈치챌 수도 있다.

그렇기에 카이스가 정신을 차리기를 처음 자세 그대로 가만히 기다렸다.

　침묵 속에서 한 시간, 두 시간이 지나고… 다섯 시간째.

　비로소 카이스가 움직였다.

　"…아, 내 정신 좀 봐. 잠시 딴생각을 하고 있었어."

　다섯 시간의 침묵이 그에겐 한순간으로 느껴졌던 것일까. 그는 아무렇지도 않다는 듯 말하며 디오테와 함께 연주를 시작했다.

　두 사람의 연주는 새벽의 공기를 타고 울렸다.

　선율은 아름다웠건만 듣는 이들에겐 서글픔만이 가슴 가득히 채워져 갔다.

　카이스는 이제 잠들었다 하면 십여 일을 우습게 넘겼다. 디오테는 매일 아침 리엔과 함께 카이스의 침실에서 그가 일어나길 기다렸다.

　"…좋은 아침이에요. 축제는 이제 사흘 남았네요."

　축제는 여전히 연기되고 있었다. 카이스가 참가하지 못한다는 말에도 주민들은 아무도 불평하지 않았다. 연기되는 만큼 더욱 알찬 축제를 준비하자며, 주민들은 손을 모으며 그렇게 말하곤 했다.

　그러나 오랜만에 깨어난 카이스는 한층 더 기운이 없었다.

　그는 깨어 있는 하루 내내 침실에서 거의 나서지 않았다. 그리고 다시 잠을 청했다.

영원처럼 긴 그의 숙면은 보름 이상 계속되었다.

기다림 끝에 그가 눈을 뜨자 디오테는 몇백 번이나 연습했던 그대로 축제가 겨우 이틀 남았다는 말을 전했다.

고대하던 축제가 아직 남아 있으니 부디 힘을 내달라는 응원이자 소원을 담은 말이었다. 그러나 이번에는 카이스도 그 기대에 부응하지 못하는 듯했다.

"오늘은 조금 몸이 좋지 않네."

"…그래요?"

"감기라도 걸린 것 같아. 좀… 쉬어야겠어."

언제나 건강함을 가장하던 그가 약한 소리를 하다니, 생명의 불꽃이 꺼지기 직전이라는 말이나 다름없었다.

그는 다시 잠들기까지 모처럼 맞이한 현실의 하루를 온종일 침대에 누워서 보냈다.

다시 카이스가 깨어나기까지 시간은 속절없이 흘러갔다. 그동안 몇 사람의 손님이 찾아왔다. 카이스에게 이후 놀러오겠다고 약속했던 철부지 귀족 소녀 헬렌과 그의 호위로 찾아온 켈벳, 옛 동료였던 사막의 늑대단의 세 사람, 버트, 세니타, 미레아였다.

그들은 카이스가 위독하다는 걸 듣고는 크게 놀랐다. 깨어나는 것이 언제가 될지 모르겠다는 말에 그들은 카이스가 깨어나는 걸 보고 가겠다면서 저택에 짐을 풀었다.

카이스의 의형인 세텔도 찾아왔다. 단순히 얼굴을 보고 근황을 나눌 생각에 찾아온 그는 마찬가지로 큰 충격을 받고는 학장으로서의 업무를 뒷전으로 하고 저택에 머물렀다.

매일같이 침실 앞을 서성이며 카이스가 깨어나길 기다리는 그의 모습은 안쓰럽기 그지없었다.

한 달에 가까운 시간. 죽음과도 같은 수면을 끝내고 카이스가 마침내 눈을 떴을 때, 리엔은 눈물을 삼키며 떨리는 목소리로 말했다.

"좋은… 아침이에요. 내일은… 축제날이네요."

그는 오랜 수면 때문에 피골이 상접하여 보고 있으면 당장에라도 쓰러질 것만 같은 모습이었다. 그러나 카이스는 기운이 났던지 침대에서 몸을 일으키며 대답했다.

"…응, 좋은 아침이야."

처음엔 기분 탓이려니 했는데, 확실히 지난번보다는 기운이 있는 모양이었다. 이것이 회복을 말하는 좋은 징조인지, 회광반조(回光返照)의 나쁜 징조인지는 알 수 없지만 그래도 당장은 기운이 있다는 사실에 리엔은 기뻐하기로 했다.

"지난밤에 손님이 많이 찾아왔어요."

문이 열리고 오랫동안 기다렸던 손님들이 안으로 들어섰다.

오랜만에 보는 이들의 등장에 카이스는 미소 지었고, 하나같이 손을 잡고 인사했다.

"뭐야… 왜 다들 울고 있는 거야?"

"워낙에… 오랜만이라서."

"싱겁긴. 에에? 형님도 울고 계시는 거예요?"

"…그, 그동안 연락 한 번 안 한 네가 괘씸해서 그런 거야."

태연하게 대하라고 그렇게 당부했건만, 모두 울고 있었다.

반갑기도 하고 슬프기도 한 기이한 분위기. 그래도 슬픔을 재회의 기쁨이 몰아내고 좁은 침실은 곧 화기애애한 공기로 가득 찼다.

카이스에게 조금이나마 기운이 돌아온 것이 손님들에겐 다행이었다. 지난번 깨어났을 때 찾아왔다면 그는 몇 마디 이야기도 나누지 못했을 것이다.

오랜만에 그의 주변에 활기가 넘쳤다.

카이스는 한때 같이 겪었던 이야기와 겪지 못했던 이야기를 나누며 즐겁게 시간을 보낼 수 있었다.

"그러고 보니 내일이 축제일이라면서?"

"준비가 한창이던데."

미리 약속한 대로 그들은 말했다. 사실 준비는 진즉에 끝났다. 카이스만 준비되면 되는 것이다. 축제는 주역을 기다리며 아직까지 열리지 않고 있었다.

"그래, 나도 기대하고 있어. 모두 내일은 축제를 즐겼다가 가도록 해. 형님도… 그러실 거죠?"

"……그, 그래야지."

"못 본 사이에 울보가 되셨네요. 무슨 일이 있으셨어요?"

"아니… 아무것도 아니야."

슬픔은 금방 가시고, 재회의 반가움이 커져 갔다. 옛날 이야기도 하고, 근황을 나누기도 하면서 이야기꽃이 피기 시작하였다.

즐거운 하루였다. 카이스는 자신의 운명도, 고통도 잊고 즐거운 표정을 지우지 않았다.

그렇게 카이스에게 축제의 전야가 저물었다.

다음번에 깨어났을 때, 그는 고대하던 축제에 참가하리라.

아침이 밝자 리엔은 카이스의 침실로 향했다, 마음속으론 드디어 축제날이라는 말을 들려줄 준비를 하면서.

물론 그러기 전에 그가 일어나야 하겠지만.

침실의 문을 여니 카이스는 평온한 얼굴로 침대에 누워 있었다. 얼굴을 바라보고 있으면 그동안의 힘겨웠던 싸움도, 시련도 모두 기억 저편으로 녹아들어 가버릴 것 같을 정도로 어린아이처럼 순수하지만 한편으로는 세월을 관망하며 미소 짓는 노인처럼 숙연한 얼굴이었다.

이 얼굴을 봤던 기억이 떠올랐다. 바로 어젯밤, 손님들과 시간을 보낸 뒤였다.

"이런 꿈을 꿨었어."

덤덤한 표정으로 그는 불쑥 지난밤에 꾸었다는 꿈 이야기를 꺼냈다.

"무슨 일을 하는지 모르는 내가 지친 몸으로 고향의 골목
길을 지났어. 어둑어둑한 밤하늘엔 몇 개 되지 않는 별빛이
반짝이고, 집에서 흘러나오는 구수한 저녁 식사 향기가 식욕
을 자극했어. 그리고 집에 들어가면… 새하얗게 웃으며 나를
반기는 여성과… 어린 시절의 날 닮은 아이가 허리춤에 매달
려 어리광을 부렸지."

꿈결을 회상하는 그의 얼굴은 더없이 행복해 보였다. 그의
이야기는 계속되었다.

"좁은 거실 벽에는 낡은 기타가… 그 옆에는 자그마한 업라
이트 피아노 한 대가 놓여 있고 거실에 앉아 계신 아버지께선
여전히 조금은 퉁명스런 얼굴로 신문을 보고 계셨어. 좁아도
따뜻한 물이 가득한 욕조에서 목욕을 마치고… 간소하지만 정
겨운 맛이 가득한 식사를 들었어. 소소한 삶에 대한 이야기를
나누고 보니 이미 늦은 시간… 소중한 가족들의 잠든 얼굴을
몇 번이나 바라보며 이불을 잘 덮고 있는지 확인했어. 이 꿈이
현실이길 바라며 불을 껐어. 그리고 눈을 감았지. …이뤄지지
않으니까 꿈이라는 걸 알면서도 그 순간의 나는 그렇게 모순
된 꿈속에 있고 싶었어. 그리고 다시 눈을 떴어. 언제나 마찬
가지였듯, 피비린내 가득한 세상이 날 반겨주고 있었지."

그 말을 하는 그는 이미 보이지 않는 눈동자를 깜박이며 주
변을 바라보았다.

현실 속을 부유하는 것 같은 미소를 한 번 지은 그의 눈은 다

시 현실이 아닌, 이뤄지지 못한 꿈을 바라보고 있는 것 같았다.

그랬다. 지금의 얼굴은 그 순간의 얼굴과 같았다. 마치 행복한 꿈을 꾸는 듯한 그러한 얼굴.

리엔은 어젯밤 잠들기 전 카이스의 모습을 기억했다.

그는 저택 주변을 둘러보듯 천천히 산보한 뒤, 소중하게 간직하고 있던 꿈의 파편을 한 번 쓰다듬었다. 후련하지만 못내 아쉬운 표정으로 상자에 담겨 있는 꿈을 가볍게 탁탁, 하고 두드린 뒤에 평소와 다름없이 잠자리에 들었다.

다시 바라본 그의 얼굴은 어느 때보다 평온해 보였다. 당장에라도 이름을 부르면 깨어날 것만 같았다.

"카이스… 카이스……."

그러나 여전히 카이스는 깨어나지 않았다. 이런 날이 올 거란 것은 이미 알고 있었다. 그렇기에 몇 번이나 마음의 준비를 해두었다. 두 번째로 가사 상태에 빠진다면… 다음은 없다는 걸 알고 있지 않았던가.

다시 일어날 리 없는 그의 얼굴을 바라보면서 리엔은 끝내 전하지 못한 마지막 말을 후회하며 작별을 고했다.

"부디… 행복한 꿈을."

축제는 또다시 연기되었다. 개막일은 여전히 미정이었다.

CHAPTER 8
바람이 멈추다

BLAST

가사 상태에 빠진 카이스는 저택 지하 깊숙이 마련된 수련실에 안치되었다.

카이스가 생명을 다해가는 동안 사람들은 바라드의 공격을 대비하고 있었다. 방어진 구축엔 시리오트를 포함한 드래곤족 네 수장의 도움이 컸다. 카일 공국 주변엔 강대한 마법진이 구축되었는데, 다가오는 최후의 싸움을 대비하여 설치된 마법진은 어지간한 드래곤의 레어보다도 훨씬 치밀하고 강력했다. 침입을 막는 건 아마 무리일 테지만, 제아무리 바라드라 해도 들키지 않고 들어오지 못할 것이었다.

그리고 영지민들은 모두 대피시켰다.

바라드는 반드시 온다. 약속한 이상 오지 않을 리가 없기에 피해를 최소화해야 했다.

예상대로 바라드는 수족들과 함께 공격을 개시해 왔다.

침입을 막는 마법진이 발동되었지만 빠른 속도로 돌파당하고, 선두에선 붉고 검은 요기를 뿌리는 야족들이 노도와 같이 덤벼들기 시작했다. 숫자는 어림잡아도 수백을 넘어섰다.

거기에 맞서 싸우는 것은 다섯 명의 카일 기사단원과 시리오트를 포함한 총 다섯의 드래곤이 전부였다.

"모조리 씨를 말려 버리겠다!!"

카일 기사단의 단원들에게 더 이상 두려움은 남지 않았다. 다만 그들은 분노를 향할 적이 필요했다.

원거리에서 드래곤들이 비 오듯 마법을 전개하며 한차례의 충돌이 벌어졌다.

선두에서 덤벼들던 야족들은 조무래기들로, 카일 기사단을 얕보고 공을 세울 생각밖에 없던 머저리들이었다. 그런 것들이 분노한 그들을 어떻게 감당하랴.

몇 번의 검광이 번득인 이후, 야족들은 볏짚처럼 잘리더니 이내 소멸했다. 그 뒤에 쏟아지는 마법이 곳곳에서 작열하고, 현신한 드래곤들이 뿜어내는 브레스가 덮쳐 갔다.

무엇이 이 가공할 만한 공격을 버텨내랴. 야족들의 군세는 모래성처럼 허물어졌다. 그러나 놈들에겐 바라드가 있었다.

피해가 크게 번지기 시작하자 커다란 반원형의 구체가 야족들의 머리 위를 감쌌다. 바라드의 차원 굴절 마법이었다.

차원 굴절이 펼쳐진 이상 브레스도, 마법도 더는 통하지 않으니 드래곤들이 공격을 멈췄다. 그 순간 야족들 사이에서 바라드의 목소리가 들려왔다.

"어떻게 준비했는지 궁금해서 내버려 뒀는데 예상했던 것보다 거창하군. 조금만 늦었어도 큰일 났겠어."

바라드의 목소리를 들은 모두가 이를 갈았다.

"바라드!"

"삼황!!"

믿었던 만큼 배신감도 컸다. 그래도 마음 한구석엔 정말 습격해 올까 의심하고 있었는데, 보란 듯 야족을 이끌고 왔으니 분노하지 않을 수가 없었다. 그러나 바라드는 개의치 않고 말을 이어나갔다.

"알고 있겠지만, 내가 원하는 건 카이스 하나뿐이다. 순순히 내놓으면 얌전히 돌아갈 터이니 피차 무의미한 피를 보는 건 그만두지 않겠느냐? 나는 너희들을 죽이고 싶지 않다."

"단장님은 넘길 수 없다."

"우리를 모두 죽이기 전에는 결코!"

바라드의 제의에 응할 사람은 아무도 없었다. 결국 바라드는 후우~ 하고 한숨을 쉬고는 말했다.

"그렇다면 무의미한 피를 늘릴 수밖에."

말과 함께 바라드가 움직이기 시작했다. 그의 주변엔 엄청난 속도로 마법이 캐스팅되어 갔다. 순식간에 완성된 십여 개의 구체는 믿을 수 없게도 각각 9서클의 궁극 마법이었다. 그동안 그가 얼마나 큰 기만을 지속하고 있었던 것인지… 그를 알고 있던 사람들로서는 기가 막힐 뿐이었다.

"…미치겠군."

시리오트가 탄식했다. 강할 줄은 예상했지만 이 정도로 터무니없이 강했단 말인가. 거기에 대응하여 다섯 드래곤도 뒤질세라 마법을 캐스팅했지만 누가 봐도 숫자에서부터 밀렸다.

바라드는 일절 인정사정 봐주는 게 없었다. 십여 개의 궁극 마법들은 한꺼번에 차원 굴절막을 통과하여 드래곤들을 덮쳐 갔다. 드래곤 측에서도 완성한 마법들을 날려 보내며 하나둘 요격해 냈지만, 역부족이었다.

콰아아아!

나머지를 막아내기 위해서 어쩔 수 없이 브레스를 쏘아야 했다. 그로써 가까스로 바라드의 마법을 막아낼 수 있었다.

이에 바라드는 낭랑히 웃으며 말했다.

"시시하게도 비장의 무기를 너무 일찍 사용하는군. 과연 언제까지 버틸 수 있을까?"

말을 마친 바라드는 다시 마법을 준비했다. 먼젓번에 뒤지지 않는, 그보다 더한 양의 궁극 마법이 배열되어 갔다. 드래곤 측에서도 마법을 준비했지만 이번에도 숫자의 차이는 확연했다.

모두들 바라드에 대해서 우려했던 건 차원 굴절이었다. 한데 이토록 터무니없는 마법 구사라니!

"차원이… 다르다."

엘사로트는 그 이외에 무슨 말을 해야 할지 몰랐다. 단신으로 고룡 급 드래곤 다섯을 압도하다니, 그것도 야황으로서의 힘은 전혀 사용하지 않고 단순히 마법만으로!

두터웠던 저지선이 순식간에 뚫려갔다.

드래곤들은 바라드 하나를 상대하기도 벅찬 상태였고, 그 틈을 타 야족들이 전진해 왔다. 수백에 달하는 적들 중 조무래기 급인 일반 야족도 인간으로 치면 익스퍼트 중상 급에 육박하고, 순혈 급은 소드 마스터에 비견된다. 승산이 없는 전력 차이였지만 카일 기사단의 어느 누구도 물러서지 않았다.

"목숨을 버려서라도 지켜라!"

"단장님께 한 놈도 접근시켜선 안 돼!"

그런 그들의 의지를 비웃으며 바라드는 소리쳤다.

"어리석구나! 너희들이 지키고 있는 카이스가 과연 어제까지의 그라고 생각하고 있느냐!"

"…그게 무슨 소리지?"

"이곳에 가득 찬 요기에 반응하여 놈이 눈을 뜰 테니 곧 알게 될 것이다. 그놈은 나와 달리 말이 통하지 않는 진짜 괴물이다. 너희들은 이제 곧 나에게 괴물을 퇴치해 달라고 빌게될 테니까!"

바라드의 확신에 찬 말을 카일 기사단 측은 애써 무시했다. 그러나 그들이 원하든 원하지 않든 간에 변화는 이미 시작되고 있었다.

*　　　*　　　*

디오테는 가사 상태의 카이스가 누워 있는 지하 수련실 앞에 서서 바라드를 막아낼 수 있기를 기원하고 또 기원하고 있었다. 당장 전투에 도움이 되지 않는 그녀가 할 수 있는 건 그 정도밖에 없었다.

두 손 모아 간절히 기도해도 신은 응답하지 않았다. 야속하게도 매번 가까워지는 전투의 진동이 그녀의 불안감을 높여갈 뿐이었다.

새카맣게 타들어가는 초조함 속에서 마음 졸이던 그녀는 어느 순간 알 수 없는 감각에 자신도 모르게 등 뒤를 돌아보았다.

수련실의 문 건너편에서 기묘한 진동이 울리고 있었다.

마치 박동하는 심장과 같은 커다란 울림이었다.

그곳에 있는 것은 카이스밖에 없을 텐데, 하며 그녀는 망설이다 끝내 호기심을 이기지 못하고 문을 열었다.

그녀의 눈에 처음 보인 것은 어둠이었다. 새카만 어둠이 뭉쳐 느릿하게 너울거리고, 그 중앙에선 안광과 같은 붉은빛 두 개가 번뜩이고 있었다.

너무나도 기이한 광경에 오한과 함께 소름이 돋았다.

디오테는 과거 비슷한 느낌을 받은 기억이 있었다. 바로 과거 벨크레아 교육원의 대강당을 습격해 왔던 마물에게서였다.

디오테는 자신도 모르게 뒤로 몇 발짝을 물러섰다.

그곳에 있어야 할 카이스의 존재는 어디에 가고 저런 괴물이 나타난 것일까?

하지만 그녀는 생각을 진전시킬 틈도 없었다.

저편에서 그 괴물이 서서히 다가오기 시작한 것이다. 흐릿하게 굽이쳐 움직이는 어둠 속에서 사람의 신형이 희미하게 비쳐지고 있었다.

저벅, 저벅, 저벅.

괴물이 계속해서 다가왔다. 지독한 한기에 오들오들 떨면서 디오테는 더는 물러설 곳을 찾지 못하고 자리에 주저앉았다. 둘 간의 거리가 가까워지면서 비로소 그녀는 어둠 속에서 있는 괴물의 모습을 식별할 수 있었다.

핏빛으로 젖은 머리카락. 그 아래 적광이 번득이는 눈동자를 한 괴물은… 역시 카이스였다.

숨이 막히는 압박감으로 인해 그녀는 카이스가 움직이고 있다는 사실에 기뻐할 생각도 하지 못했다.

굴레를 벗고 해방된 카이스의 이면, 야족으로서의 모습은 그녀의 상상을 아득히 초월하고 있었다.

인간으로서의 본능이 경고하고 있었다.

죽는다. 살해당한다. 잡아먹힌다.

생명이 있는 한! 누구도 예외는 없다.

공포에 질린 그녀에게 한때 카이스라는 이름으로 불리던 괴물이 코앞까지 다가왔다.

디오테는 눈을 질끈 감았다.

*　　*　　*

지상에선 저지선을 돌파하려는 야족들과 이를 필사적으로 저지하는 카일 기사단이, 하늘에선 궁극 마법과 브레스의 충돌이 계속되었다.

땅이 울고 하늘이 울었다. 천지개벽이 따로 없는 전투였다.

그러던 중 한순간에 공기가 얼어붙었다.

약속이라도 한 것처럼 전투가 멈추고 의식이 있는 존재는 피아 구분을 잊고 모두 한 장소를 바라보았다.

대공 저택. 한쪽에선 필사적으로 지키고, 한쪽에선 돌입하려고 했던 그곳에서 이변이 벌어졌다.

굽이치며 움직이는 새카만 어둠이 저택을 중심으로 퍼져나오기 시작했다. 어둠은 창공에 떠오른 태양을 무시한 채 빛이 비추는 주변의 모든 것을 암흑으로 물들였다.

그리고 곧 카이스가 모습을 드러냈다, 바라드의 예언대로 인간의 굴레를 벗어버린 야족의 이황으로서.

"보아라! 기다리던 마왕의 강림이시다! 크하하하하핫!"

바라드는 보란 듯이 광소를 터뜨렸다.

소름 돋는 공기 속에서 사람들은 저마다 침을 삼켰다. 카이스에게선 마왕이라는 말이 농담이 아닐 만큼 거대한 위압감이 풍겼다. 바라드의 말처럼 정말 카이스가 누구도 알아보지 못하고 폭주한다면 어떻게 해야 하는가. 그런 생각에 모두들 머리가 터질 것만 같았다.

바라드는 말했다.

"카이스여, 이 아저씨가 너를 저주에서 구원해 주마."

"……."

하지만 카이스는 붉은 안광을 번득일 뿐, 아무런 말을 하지 않았다. 그 순간에도 그에게서 흘러나오는 어둠은 서서히 하늘을 뒤덮어갔다.

길지도, 짧지도 않은 대치의 순간 모두 긴장하며 카이스의 반응을 주시하고 있는데, 그 순간 저택에서 디오테가 뛰어나왔다.

　야족으로 각성한 카이스가 스쳐 지나갔음에도 그녀는 멀쩡했다. 그것이 지금 카이스의 상태를 설명해 주었다.

　잠시 전, 카이스는 그녀를 알아보며 이렇게 말했다.

　"그동안 걱정이 많았지. 이제 모든 걸 끝낼게."

　전혀 달라지지 않은 목소리였다. 눈동자와 머리카락이 붉게 변하고 야족으로서 요기를 뿜어내고 있을 뿐, 그는 예전 그대로였다.

　어느새 카이스에게서 흘러나온 어둠이 하늘을 뒤덮었다. 마치 별 한 점 찾아볼 수 없는 밤이 도래한 것만 같았다.
　그리고 그는 나지막한 목소리로 긴 침묵에서 벗어났다.
　"모두 뒤로 물러서. 말려들 수도 있으니까."
　"…설마?!"
　바라드가 당혹스러운 한마디를 내뱉는 사이, 일은 벌어졌다.
　쏴아아아아!
　기이한 소리가 들렸다. 형용하자면 전장에서 수천 발의 화살이 동시에 발사되는 것과 비슷했다.

밤하늘이 조각조각 갈라져 무너져 내려오는 것만 같은 신비로운 광경과 함께 하늘에서 어둠이 쏟아져 내렸다.

물론 그것은 쉐도우 페이즈였고, 목표는 바라드를 포함한 야족들이었다.

소리를 듣고 하늘을 바라봤을 때엔 이미 한발 늦은 뒤였다. 카이스에게서 흘러나와 하늘을 뒤덮고 있던 어둠은 맹렬한 속도로 가속하여 이미 지척에 다다라 있었다.

쐐애애액!!

수천이 넘는 숫자의 쉐도우 페이즈를 부리면서도 조준에 한 치의 오차도 없었다. 그 빗줄기는 삽시간에 야족들을 난자했다.

물론 야족들도 가만히 당하고 있지만은 않았다. 일부는 자력으로 피하기도 했고, 그중 바라드의 근처에 있던 녀석들은 바라드가 대기진동파로 그림자들을 찢어내면서 피해를 면할 수 있었다.

그러나 피해는 결코 작지 않았다. 넝마 조각처럼 찢겨져 소멸당하고 치명상을 입은 야족의 숫자는 수백 단위에 이르렀으니까. 하나 그런 피해는 안중에도 두지 않은 바라드가 복잡한 표정으로 말했다.

"각성 상태에서도 의식을 유지할 수 있다니… 넌 번번이 이 아저씨의 예상을 뛰어넘는구나."

아저씨라는 칭호도 그렇고, 카이스를 향한 바라드의 말엔 예전과 같은 친애가 담겨 있었다.

"새삼스러울 건 없죠. 저는 아저씨완 달리 처음부터 반은 야족이었으니까요. 비록 깨닫는 건 조금 늦었지만."

적대감이 덜한 것은 카이스도 마찬가지였다.

"부서질 대로 부서져서 이젠 한 줌의 생명도 남지 않은 몸밖에 없는데… 그러고도 싸우려는 것이냐?"

"아저씨를 막아야죠."

"그렇군. 그럼 이제 끝을 볼까? 이황과 삼황, 두 괴물끼리 말이다."

카이스가 고개를 끄덕이고 이내 두 마물은 전투에 돌입하였다.

서로 축적된 요기를 끌어올리자 주변은 점점 붉은빛으로 물들어갔다. 그리고 누가 먼저랄 것도 없이 앞다퉈서 자물쇠를 벗겨갔다.

"요기 1차 개방."

"개방 시작."

나직이 울리는 개방의 선언. 각기 개방할 때마다 형태를 갖추는 요기의 양은 배가되었다. 2차, 3차를 넘어서 그들은 최종 단계인 6차 개방에 도달하였다.

쿠쿠쿠쿠쿠쿠.

지진이 일어난 것처럼 뒤흔들리는 대지. 좀처럼 가라앉지 않는 진동은 마물의 요기가 정점에 오르면서 더욱 격렬해졌다. 뿐만 아니라 두 요기가 충돌하는 접점부에는 아지랑이처럼 풍경이 일렁거렸다.

"공간이… 일그러진다."

"이 무슨 요기란 말인가!"

하나같이 경악하며 입을 다물지 못했다. 카이스와 바라드의 요기는 모두 여태껏 상상도 하지 못한 수준이었지만, 그 총량은 아무리 봐도 바라드가 몇 배는 더 높아 보였다. 본디 지닌 요기가 많은데다 오황의 요기까지 흡수했기에 차원이 다른 건 당연한 일이다.

카이스는 막대한 양의 그림자를 끌어내 바라드를 향해서 뻗어냈다. 수만 줄기에 달하는 그림자의 칼날은 일순간에 산 하나를 깎아내고도 남을 만큼 강대한 것이었지만, 바라드가 손가락을 튕기는 것만으로도 이내 찢겨 나갔다.

카이스는 그사이 맹렬한 속도로 거리를 좁혔고, 곧 몇 번이나 충돌하면서 근거리의 싸움을 시작했다.

매번 쉐도우 페이즈를 이용해서 공격을 시도했지만 별 효과는 없었다. 차원 굴절은 해주되었지만 대기진동파를 이용하는 바라드의 방어는 여전히 틈이 없었다.

"재주가 그것뿐이냐? 그렇진 않을 터!"

격렬해지는 충돌 속에서 바라드는 카이스를 도발했다. 거기에 대답하듯 카이스의 공격이 변하기 시작했다.

돌연 카이스의 주변에서 지옥불처럼 새카맣게 불타는 화

염이 몰아쳤고, 화염은 삽시간에 거대하게 부풀어 올라 바라
드를 노렸다.

변화는 그뿐만이 아니었다. 하늘 위에서 거대한 낙뢰가 바
라드를 노리고 떨어져 내렸고, 그와 동시에 고압의 물줄기와
바람이 바라드에게 휘몰아쳤다. 이어지는 공격엔 오황의 혈
무와 바라드의 대기진동파도 있었다.

각기 다른 계통의 기술을 구사할 수 있는 건 야족의 열 개
계통이 모두 이황에게서 비롯되었기 때문이다. 바라드와 오
황이 카이스를 노렸던 이유도 마찬가지였다.

그럼에도 바라드의 방어는 뚫리지 않았다.

대기진동파는 원래 공방이 하나이며 동시에 이루어지는
기술이기에 다양한 기술의 종류만으로는 돌파하기 힘들었
다. 그리고 무엇보다 카이스와 바라드의 요기의 차이가 컸다.
그 차이는 곧 위력의 차이로 이어졌다.

바라드는 카이스의 공격을 받아내기만 할 뿐, 아직 여유가
있었다.

카이스는 잠시 후 공격을 멈췄다.

"벌써 포기하는 것이냐? 더 보여줄 게 있는 줄 알았는
데……."

"아니요. 역시 전공이 아닌 건 익숙지 않군요."

카이스는 주변에 요기를 흩뿌리고 있는 상황에서 다시 내
공을 끌어올리기 시작했다.

일순 바라드의 안색이 변했다.

"…요기와 마나를 동시에 사용할 수 있다고?!"

놀라움은 거기서 끝나지 않았다. 빠른 속도로 치솟는 카이스의 마나는 예전에 보였던 것에 비해 몇 배나 되는 수준으로 상승하고 있었다.

바라드는 재빨리 예의 그 안경을 착용했고, 안경에 표시되는 수치에 안색이 새파랗게 질렸다.

"제논 수치… 200만?! 네 녀석은 그사이에 또 벽을 넘었다는 말이냐!"

카이스의 내공이 절정에 올랐다. 그로 인해 동반되는 진동은 바라드가 최대 개방한 요기와 비교해 수배에 달했다. 바라드의 경악하는 시선 속에서 카이스는 무극신공의 12성 완성을 선보였다.

확!!

번쩍하는 섬광과 함께 카이스의 몸은 황금빛에 휩싸였다.

무극신공 궁극 오의, 무극현천강기였다.

"…아아!!"

"완성했군!"

수하들은 감격에 가까운 외침을 터뜨렸다.

하늘 위에서 빛나는 또 다른 태양처럼 찬연한 빛을 내뿜는 카이스의 모습은 그 무엇도 범접할 수 없는 성스러움까지 느껴졌다.

"와라… 이니그마!"

카이스가 신검을 소환하자 바라드는 슬금슬금 뒤로 물러섰다. 이제 그에겐 아까까지의 여유는 찾아볼 수 없었다.

신검을 쥔 카이스는 작별을 고하듯 말했다.

"이제… 정말로 끝을 내죠."

그리고 신검을 휘둘렀다.

콰쾅!!

귀청을 찢는 소리와 함께 검에서 방출된 금빛 섬광이 바라드를 노렸다.

키이이이이이이잉!!

쏘아져 나가는 섬광이 대기를 소멸시키며 울리는 소리는 일원제멸의 것과 유사했다. 그럴 수밖에 없는 것이, 근원의 빛을 모방하는 기술인 일원제멸이 아닌, 현천강기는 근원 그 자체의 빛이기에 소리가 일원제멸에 뒤질 리가 없었다. 물론 위력 또한 마찬가지였다.

섬광은 바라드를 감싸고 있는 유형의 요기를 단숨에 짓이기고 관통하기 직전까지 파고들었다. 바라드로선 그걸 피할 방법이 없었다.

요기의 양만은 바라드도 상상을 초월하기에 단숨에 뚫리진 않았지만 이런 공격이 반복되면 그로서도 어찌할 방도가 없었다. 바라드는 지금껏 보이지 않았던 무시무시한 대기진동파를 쏘아내며 반격을 시작했지만, 그것은 카이스를 뒤덮고 있는 현천강기에 의해 허무하게 소멸되고 말았다. 대기진 동파가 공격과 방어에 탁월한 기술이라지만, 무극현천강기는 공수에 약점이 없는, 문자 그대로 무적이었다.

"…말도 안 돼!!"

카이스가 다시 검을 고쳐 잡았다.

"무극선풍!"

콰콰콰콰콰콰!!

현천강기로 전개하는 무극선풍의 위력은 검기나 검강과는 차원이 달랐다. 회전하며 무시무시한 속도로 뻗어 나오는 빛 무리에 바라드는 피할 겨를도 없이 직격 당했다.

"크아아악!!"

외마디 비명을 지르며 바라드는 허공에서 한참을 튕겨 나 갔다. 삼황의 체면이 있기에 아직 완전히 당하진 않았지만, 다시 몸을 일으킨 그의 요기는 어느새 눈에 띄게 줄어 있었 다.

카이스의 압도적인 무위에 모두가 넋을 잃고 바라보기만 했다. 바라드는 이대론 안 되겠다 싶었던지 끌고 온 야족들에 게 소리쳤다.

"이놈들! 언제까지 구경만 하고 있을 생각이냐!!"

바라드조차 상대가 안 되는데 조무래기들이 무더기로 덤 벼봐야 되겠는가. 그러나 바라드가 원한 것은 잠깐의 시간이 었다. 무극현천강기의 마나 소모량은 상상을 초월할 테니 조무래기들이 잠시만 시간을 끌어주면 이길 수도 있겠다 싶었던 것이다.

야족들은 바라드의 명령대로 한 번에 카이스에게 덤벼들었다. 그러나 바라드의 계획은 단숨에 수포로 돌아갔다.

"무극승룡강!!"

카이스는 일정 범위까지 야족들을 끌어들인 이후, 단숨에 무극승룡강을 전개했다. 엄청난 규모로 휘몰아치는 강기의 회오리바람이 사라진 후, 그 중앙엔 카이스만이 건재한 모습으로 남아 있었다. 게다가 시간을 벌려고 했던 바라드도 덩달아 회오리에 휩쓸려 피해를 입었다.

상처투성이가 된 몸으로 바라드는 중얼거렸다.

"이럴 리가… 없다. 내가 질 리가… 없다. 나는 무적이었고, 앞으로도 무적이어야 할 터인데……!"

요기는 처음에 비해서 절반에도 미치지 못했고 더 이상 그의 얼굴에서 여유 따윈 찾아볼 수 없었다. 혼자서 중얼거리길 반복하던 바라드는 이성을 잃은 얼굴로 소리쳤다.

"이 몸이… 삼황이 질 리가 없단 말이다!!"

그 외침은 바라드의 목소리와는 조금 다른, 마치 짐승이 울부짖는 것만 같았다. 일갈과 함께 바라드는 무시무시한 속도의 붉은 유성이 되어 카이스에게 돌격해 갔다. 카이스도 거기에 맞서 온몸을 던졌다.

붉은빛과 황금빛이 하늘 위에서 충돌했다.

꽈쾅!!

엄청난 소리와 함께 황금의 빛은 충돌을 뚫고 하늘로 치솟아올랐고, 붉은빛은 대부분의 빛을 주변에 흩뿌리며 그 자리에서 멈춰 섰다. 결과는 말할 필요도 없다.

무시무시한 속도로 치솟던 카이스의 신형은 곧바로 하늘을 선회하여 바라드에게 돌아왔다. 바라드는 아직 소멸하지 않았다. 그러나 거의 대부분의 요기가 소실되고 만신창이가 된 육체는 더 이상 싸울 여력이 남아 있지 않은 것처럼 보였다. 그럼에도 바라드는 무시무시한 집념으로 몸을 움직이며 끊임없이 중얼거렸다.

"나는 죽을 수 없다. 오천 년을 버텨온 내가 여기서 죽을 수는……."

카이스는 씁쓸히 중얼거렸다.

"…역시 그랬나."

지금의 바라드에게 남은 이성은 그 자신의 것이 아니었다. 그보다 더욱 강한 집착으로 형성된, 반만 년 동안 세상에 존재했던 삼황의 것이었다.

어쩌면 야족이 되어 삼황의 자리를 빼앗은 그 순간부터 바라드는 삼황의 망령에 사로잡혀 자신을 잃어버렸을지도 몰랐다.

카이스는 검을 치켜들었다. 이번이 마지막이라는 걸 스스로 실감하면서 그는 지금까지 한 번도 사용해 본 적 없던 오의를 사용했다.

파팟!

따스한 열기를 품은 빛이 사방으로 퍼져 나갔다. 그 중심에서 바라드는 빛을 정면으로 마주했다.

잠시 후, 빛이 사라지고 모습이 드러난 바라드에겐 이미 한 점의 요기도 남아 있지 않았다. 오직 피와 살로 만들어진 육신만이 존재했다.

우두커니 서서 움직임을 멈춘 바라드가 입을 열었다.

"…방금 전의 기술은 무엇이었느냐?"

"무극신공 궁극 오의… 제마멸절(制魔滅絶). 야족에게만 통하는 정화 기술이에요."

"그렇군. 어째 오랜만에 머리가 맑아진 것 같더라니…….그런 기술이 있었구나."

바라드의 얼굴은 묘하게 개운해 보였다.

"…길고 긴 악몽을 꾸고 있었던 기분이다."

"……."

바라드는 꿈결을 그리듯 중얼거렸다.

"그러나 악몽이라고 모두 괴롭진 않았지. 카일과… 너희들과 함께 다닐 때는… 마치 꿈속에서 다시 꿈을 꾸는 것만 같았다."

바라드는 힘없이 허허허 웃고는 다시 말을 이었다.

"결국 내가 망쳐 버렸지만."

참회와 후회를 담은 눈빛으로 바라드는 사람들을 둘러보았다. 다른 사람에 비해 카이스의 얼굴을 바라보는 바라드의 얼굴엔 고마움과 함께 측은한 표정이 섞여 있었다.

그리고 잠시 후, 그의 육체는 무너지는 모래성처럼 바람에 조금씩 부스러지기 시작했다. 일찍이 모든 생을 다하고, 지탱하고 있던 요기마저 모두 소멸한 그가 더 이상 버틸 수 있을 리는 만무한 일이었다.

"네게 마지막으로 한 번만 더 몹쓸 짓을 해야겠구나."

"…예?"

바라드는 대답 대신 빠른 속도로 수인을 맺으며 정체불명의 마법을 준비했다. 드래곤들이 먼저 마법의 정체를 알아봤다.

"저건!!"

"설마……!!"

"차원 봉인이다!"

시리오트가 전에 한 번 언급한 적이 있는, 대상을 별개의 차원으로 격리시키는 금주 마법으로서 포착되면 절대로 회피할 수 없는 마법이었다.

누가 어떻게 대응할 틈도 없이 마법은 완성되었고, 카이스를 포위하듯 거대한 반투명한 막이 나타나 서서히 거리를 좁혀들어 가기 시작했다. 마법이 발동해 버린 것이다.

카이스는 물었다.

“…왜?”

마지막 순간에 와서 어째서 이런 짓을 하는지 이해하지 못하는 카이스에게 바라드는 미안하다는 말과 함께 이렇게 말했다.

“늙은이의… 마지막 심술이라고 생각하거라.”

바라드의 몸은 어느새 반 이상이 풍화된 상태였고, 그 속도는 더욱 빨라지기 시작했다.

바라드는 마지막으로 말했다.

“이제 정말 헤어질 시간이구나. 그동안… 즐거웠다. 남은 생은 인간으로서 살…….”

점점 목소리가 작아져 마지막 말을 다 마칠 겨를도 없이 바라드는 바람에 흩어졌다.

천 년이 넘는 세월을 최강으로 군림했던 그의 마지막 순간이었다.

“카이스……!”

“카이스 씨!!”

리엔과 디오테가 제일 먼저 카이스의 이름을 부르며 달려왔다. 나머지 카일 기사단원들도 그녀들의 뒤를 따랐다.

하지만 카이스는 그들이 가까이 다가오기를 두 팔 벌려 맞이하진 않았다.

“기다려!”

카이스가 기다리라 말한 이유는 지금 이 순간에도 그의 주변을 삼키며 다가오는 차원 봉인 마법 때문이었다. 자칫해서 그들도 말려들었다간 큰일이지 않은가.

멈추라고 해서 멈출 그들이 아니었다. 카이스의 제지에도 아랑곳하지 않고 다가왔다. 하지만 그들은 곧 차원 봉인 마법으로 생성된 반투명한 막 앞에 멈춰 설 수밖에 없었다.

억지로 들어가 보려 해도 뚫고 들어갈 수 없고, 검강을 이용하여 공격해 봐도 구멍 하나 생기지 않았다.

"젠장. 뭐야, 이건!"

"뚫을 수가 없어!"

"단장! 안에서 한 번 공격해 봐!"

"카이스! 잠깐만 기다려요! 방법을 찾아볼게요!!"

그러나 카이스는 고개를 가로젓고는 현천강기를 해제해 버렸다. 예전과 똑같은 흑발에 검은 눈동자로 돌아온 그는 침착하게 말했다.

"뚫는다고 하더라도 변하는 건 없다는 걸 알잖아."

"하지만……!!"

다른 것은 몰라도 현천강기라면 뚫을 수 있을 가능성이 있다. 차원 굴절도 돌파하지 않았던가. 그러나 카이스는 마음을 이미 굳힌 모양이었다.

"죽어서 덩그러니 시체만 남길 바엔… 이런 작별이 나을지도 모르지. 바라드 아저씨도 아마 그런 생각을 했을 것이고."

"카이스!!"

그사이에도 공간은 줄어들고 있었다. 이대로라면 채 몇 분도 버티지 못할 것이다. 그러나 투명한 막을 사이에 두고 카이스는 작별이라는 선택을 되돌리지 않았다.

디오테가 말했다.

"포기하지… 말아요. 제발."

쉬지 않고 눈물이 흘러나와서 아름다운 디오테의 얼굴이 엉망이 되어 있었다. 카이스는 씁쓸하게 웃으며 머리를 잠시 긁적거렸다.

"기왕이면 웃는 얼굴로, 멋지게 떠나게 해줘."

이번엔 리엔이 말했다.

"이러지 말아요. 축제… 기대하고 있었잖아요?"

"그러고 보니 오늘이 원래라면 축제일인가? 솔직히 그건 조금 아쉽네. 뭐, 그건 말이지……."

다음에 참가하도록 하겠다면서 카이스는 농담처럼 말했다.

그 순간에도 공간은 닫혀갔다. 차원이 계속해서 닫히고 있다.

처음엔 수백 미터에 달했던 구체는 이제 불과 직경 50미터 내외로 줄어들어 있었다. 정말 이제는 시간이 얼마 남지 않았다.

"사랑해요, 사랑한다구요… 제발……."

디오테는 못다 한 고백을 전했다.

　카이스는 짧은 순간이지만 서글픈 빛을 비쳤다가 어색하게 웃으며 말했다.

　"유감이지만… 나는 그 마음에 보답을 못하겠네. 다른 좋은 사람을 찾아봐."

　거기에 덩달아 리엔도 잠시 머뭇거렸지만, 더 이상 입을 열지 않았다. 그저 굵은 눈물을 흘리며 카이스를 바라볼 뿐이었다.

　카이스가 결심을 굳힌 이상, 그를 더 이상 괴롭게 하고 싶지 않았기 때문이다. 그녀답다면 그녀다운 모습이었다.

　"리엔은 자신을 위해서 살아가 줘. 그리고 더 그럴싸한 말을 모두에게 해주고 싶은데… 남은 시간이 없네."

　작별의 순간이 임박하자 모두가 눈물을 그칠 줄을 몰랐다.

　공간은 계속해서 닫혀갔다. 이제 남은 건 불과 수미터의 공간뿐.

　카이스는 마지막으로 밝게 웃어 보이며 말했다.

　"안녕……. 모두 행복해."

　그리고 반투명한 구체가 완전히 수축하며 카이스를 집어삼켰다.

　원형의 공간이 물결처럼 일렁이며 회전하는 것을 마지막으로 카이스는 모두의 시선이 닿지 못하는 곳으로 사라져 갔다.

파악!

허공에선 주인을 잃은 이니그마가 덩그러니 모습을 드러냈다. 바닥에 깊숙이 박힌 신검은 안타까운 이별에 슬퍼하듯 한차례 구슬프게 진동하고는… 불어드는 바람 속에서 침묵했다.

휘이이잉—

이제 카이스는 없다. 적막 속에서 바람만이 무정히 불었다.

목 놓아 우는 사람, 주저앉아 바닥을 바라보는 사람, 말없이 그저 이를 악무는 사람. 제각기 반응은 다르지만 크나큰 상실감은 모두가 마찬가지였다.

순진하고 어설프기 짝이 없던 청년. 이름 그대로 그는 한바탕 거세게 불었던 바람이었다.

거센 바람은 한바탕 세상을 뒤흔들었고, 이 순간 끝내 잦아들었다.

사람 속도 모르고 하늘에선 뜨거운 햇살이 비췄다.

햇살이 카이스가 고대하던 봄이 끝났다고 말하는 것만 같았다.

산 너머 여름이 불어온다, 가을이 다가온다, 겨울이 다시 다가온다, 그리고 봄이 돌아왔다.

시간이 흘렀다. 야속하고도 공허한 시간이… 카이스가 없는 시간이 흘러갔다.

　봄이 되어 새로운 바람이 불어왔지만, 그곳에 카이스의 봄 바람은 없었다.
　축제는 아직 열리지 않았다.
　카이스의 바람은 멈췄다.

마지막 장
삼대 재회, 그리고 축제

BLAST

주변이 암전(暗轉)했다. 눈이 보였다면 분명 그렇게 느꼈을 것이다. 이곳은 아공간이요, 다른 차원이었다.

그 순간 그는 바라드가 끝까지 잇지 못했던 말을 떠올렸다.

"남은 생은 인간으로서 살아가거라."

모두 소리 내어 전할 순 없었을지라도 풍화되어 가는 그의 입은 분명 그런 이야기를 하려고 했던 것이다.

사실 우스운 일이었다. 자신에게 남은 생이 도대체 앞으로 얼마나 될까. 이미 꺼진 심지의 남은 열기만도 못한 것이 그의 시간이었다. 길어봐야 하루 정도 지나면 그는 아무것도 없는 아공간에서 싸늘한 시체로 변할 테지. 차라리 인간으로서 목숨을 다하라는 말을 했으면 더욱 그럴싸하지 않았을까.

그건 그렇고, 신기한 장소가 아닐 수 없었다. 다른 차원계임은 틀림없는 것 같지만 이토록 아무것도 없을 수가 있다니.

황량한 대지엔 어둠만이 위용을 뽐내고 있었다.

무작정 걸음을 옮겼다. 매 걸음걸음마다 여러 가지 추억을 회상하면서, 이것이 생에 마지막 걸음이 되리라고 생각하면서.

황량한 공기를 마시며 황야를 걸었다. 이게 마지막 여행이리라.

아아, 목숨이 다해간다. 남은 시간은 길지 않다.

그러고 보니 궁금증이 더해졌다.

자신이 죽으면 지구의 저승으로 가는지 크레아 대륙의 저승으로 가는지 궁금했었는데, 여기에도 저승이 있을까? 어쩌면 모든 저승은 하나일지도 모르는 일이다. 그랬으면 좋겠다. 그렇다면 아버지를 만날 수 있을지도 모른다.

"아버지……."

그를 만날 시간이 가까워져 갔다.

*　　　*　　　*

"인기척?"

시간이 얼마나 흘렀는지 모른다.

하루? 이틀? 어쩌면 사흘 이상이 흘렀을 수도 있다. 그는 돌연 나타난 인기척에 꿈이 아닌지 의심할 정도였다.

어떻게 인적이 나타날 수 있는지도 이해가 되지 않지만, 상대의 마나량은 상상을 초월할 지경이었다. 그가 어안이 벙벙해진 건 그 마나의 양 때문만은 아니었다.

마나의 느낌이 친숙했다. 그렇다고 엄청나게 친숙한 건 아니고, 마치 100년은 된 기억 속에서 느껴지는 아련한 추억과도 같았다.

그러나 저런 청년을 알았던가? 그것도 100년도 전에?

상대 청년도 이쪽의 낌새를 알아챘는지 발걸음을 멈췄다. 그리고는 잠시 당혹스러워하면서 말했다.

"…내가 아직은 살아 있는 줄 알았는데."

한국어로 중얼거린 청년은 곧 환하게 웃었다. 청년의 미소가 너무나도 낯이 익어서… 머릿속이 하얗게 변했다.

그리고 청년이 말했다.

"아버지."

그는, 카일은 너무 놀라 눈을 크게 뜨고 말을 더듬을 뿐이었다. 틀림없다. 100년이 넘게 흘렀던 기억 속에서도 언제나 반짝반짝 빛나던… 하나밖에 없는 아들의 얼굴을 그가 어떻게 잊을까!

"…인수냐? 정말, 내 아들 강인수… 냐?"

장성한 아들과 돌연 대면한 그의 기분을 어떻게 설명해야 좋을까.

두 사람은 부둥켜안았다. 이건 꿈이 아니다.

"인수야……!"

"아버지!!"

눈물지으며 두 사람은 오랜만의 재회를 맞이했다.

이게 어떻게 된 영문인지는 이후에 생각할 일이었다. 설령 이게 저승이라 한들 어떻겠는가.

할 이야기가 너무나도 많았다. 부자는 몇 번이나 이 사실이 꿈이 아니라는 데에 감사하면서 그동안 쌓아둔 이야기를 나눴다.

너무나도 긴 이야기였다. 시간의 흐름을 측정할 순 없지만, 아마도 반나절은 우습게 넘겼을 것이다. 그동안 카이스는 자신에게 남은 시간이 길지 않다는 사실도 잊은 채 아버지와의 대화를 즐거워할 뿐이었다.

"그런 일이……."

카일은 카이스가 겪은 일을 듣고는 말문을 잃었다. 아버지로서 아들이 그 고생을 하는 동안 아무것도 해주지 못했다는 데에 부끄러워하기도 했다. 그러나 아버지 없이도 이렇게 번

듯하게 자라준 아들이 자랑스럽다는 것만은 틀림없는 사실이
었다.

"사실 아직도 어안이 벙벙하구나. 너를 이렇게 만났다는
게 믿겨지지 않아. 열 살배기 아들을 대충 따져도 100년이 지
난 뒤에 다시 보다니."

이렇게 될 줄 누가 알았으랴.

카이스는 멋쩍게 웃을 뿐이었다.

그때였다. 두 사람은 갑자기 이상한 징후를 발견했다.

그들이 있는 장소에서 멀지 않은 곳의 공간이 휘몰아치면
서 바람이 불어닥쳤다.

"아까 네가 나타날 때도 이런 바람이 불었는데……."

"설마?"

설마가 바로 그 설마였다.

휘몰아치는 공간 속에서 한 사람의 그림자가 튀어나왔다.
아직 소년의 티를 완전히 벗지 못한, 검은 머리의 준수한 청
년이었다.

청년은 담담하게 주변을 둘러보더니 카이스와 카일을 발
견하고는 환하게 웃으며 다가와 말하는 게 아닌가.

"두 분을 뵙게 되어 정말 뭐라고 말씀드려야 할지……."

생전 처음 보는 청년은 눈물까지 글썽이며 큰절을 올렸다.

"……."

"…넌 누구야?"

"소개가 늦었습니다. 저는 미리스라고 합니다. 아버님과
할아버님, 두 분께 인사드립니다!"

미리스라고 이름을 밝힌 청년은 다시 한 번 큰절을 올렸다.
뭐가 어떻게 돌아가는지 이젠 아무것도 모를 정도였다.

"인수야, 말하는 걸로 보면 저 녀석이 네 아들이라는 것 같
은데……."

"잠깐만. 네가 내 아들이라고?"

미리스는 그렇게 물어볼 것을 알고 있었던지 바로 환하게
웃으며 고개를 끄덕였다. 그러고 보니 확실히 닮기는 붕어빵
처럼 많이 닮았다.

미리스는 이어서 말했다.

"어머님의 성함은 디오테 리오즈입니다."

"디오테의?! 가만… 기다려 봐. 나는 디오테와 아들이 생길
일을 한 기억이 없는데?!"

카이스가 당혹해하는 것도 무리가 아니었다. 갑자기 어떤
소년이 나타나 '당신이 나의 아버님입니다' 라고 말한다면 누
구든 놀란다. 그런 기억이 없다면 더더욱.

"어머님께서 말씀하시길, 아버님께서 주무시는 사이에 덮
쳤다고……."

"……."

"인수야, 내 심정이 이제 조금은 이해가 되느냐?"

굳어버린 카이스에게 카일은 재미있다는 듯 웃으며 말했

다. 그로서는 미리스라는 청년이 자신의 손자가 된다는 것까
진 아직 생각이 미치지 못한 모양이었다.

졸지에 아버지가 된 카이스가 제정신을 차리지 못하든 말
든 미리스는 품속에서 은은한 초록빛이 흘러나오는 액체가
들어 있는 병을 꺼냈다.

"놀라시는 건 당연하지만… 아버님, 이걸 드셔주십시오.
엘릭서입니다. 사실은 조금 더 빨리 모시러 오고 싶었지만 어
제 막 완성된 참이라… 아무튼 서둘러 주십시오!"

"…으응."

카이스는 어안이 벙벙한 모습으로 미리스에게서 엘릭서를
받아 마셨다.

단숨에 마시고 보니 카이스의 시체나 다름없는 육체에 빠
른 속도로 생명의 기운이 퍼져 나갔다.

심 봉사 눈 뜨듯 카이스는 멀어버린 눈이 다시 밝아지는 것
을 느꼈고, 모든 감각이 살아 돌아옴과 함께 전신에 생명력이
충만해짐을 느꼈다.

피할 수 없는 죽음의 문턱에서 그는 완전히 부활하여 돌아
온 것이다.

오랜만에 느껴지는 감각들과 활발히 움직이는 신체 장기
를 온몸으로 느끼며 카이스는 전율했다.

"아버님! 할아버님! 이제 슬슬 돌아가셔야 합니다. 이곳의
시간은 크레아 대륙에 비해서 거의 만 배는 빠르게 흐르니 서

두르셔야 합니다.”

“…만 배?!”

분명 지구에 비해서 크레아 대륙의 시간이 흘러가는 시간은 열 배 정도 빨랐다. 그 이유는 차원계의 크기 때문이라고 그 옛날 바라드는 이야기했다.

아무튼 그런 시간의 속도 차이가 이 기적을 가능하게 했던 이유였다.

“탈출 방법은 있어?”

“예, 얼마 남지 않았습니다. 누나가 지금으로부터 4분 뒤에 다시 한 번 차원을 열 예정이니 그때 빠져나가면 됩니다.”

“그래, 잠깐만! 누나라고?”

“예, 큰어머님이신 리엔님의…….”

“리엔이라… 설마 그 아이도……?”

“큰어머님이 말씀하시길… 아버님께서 주무실 때 같이 덮치셨다고.”

갑자기 나타난 아들도 놀라운데 딸도 있단다. 카이스는 허허허, 웃으며 머리를 감싸 쥐었다.

“허허허, 며느리가 둘이라… 녀석, 능력 좋구나.”

카일은 웃으며 즐거워했다.

그때였다. 카일은 ‘쉿!’ 하고 두 사람에게 주의를 줬다. 그러고 보니 중요한 걸 잊고 있었다. 그가 이곳에 왔을 때 혼자가 아니지 않았던가!

멀지 않은 곳에서 엄청난 속도로 달려오는 존재가 하나 느껴졌다. 놈에게서 풍겨 나오는 무시무시한 요기에 숨이 막힐 지경이었다.

바로 일황이었다.

"아차! 뭔가 마음에 걸리더라니… 저놈을 잊고 있었군. 지금까지 잘 숨어 있었는데……."

카이스는 큰 긴장감이 없이 말했다.

"제가 둔한 건 역시 유전이었군요."

"그건 그렇고, 싸우는 수밖에 없겠다. 인수야, 근원은 깨달았느냐?"

"예, 아버지!"

기운찬 카이스의 대답. 그러나 미리스는 허둥지둥하며 말했다.

"저, 저는 아직인데요!"

"그럼 물러서서 할아비와 아비의 실력을 잘 지켜보거라."

카일과 카이스, 두 사람은 잠시 서로 얼굴을 마주 보곤 순식간에 내공을 끌어올렸다.

"무극신공 궁극 오의."

"무극현천강!"

화악!!

엄청난 압력의 빛을 뿜어내며 두 사람은 동시에 황금빛에 휩싸였다. 역사에 유래가 없는 최강의 콤비, 무적부자 탄생이었다.

"가자! 여기서 오랜 전쟁을 끝내는 거다!"

부자는 달려드는 일황을 향해서 총알처럼 쏘아져 나갔다.

일황이 아무리 강하다 하더라도 어찌 이미 인간의 한계를 아득히 넘긴 두 초인을 상대할 수 있으랴.

승부는 단숨에 났다. 부자의 연합 공격에 일황은 흔적도 남기지 못하고 소멸했다. 기쁨 속에서 손뼉을 마주치는 두 사람.

손자 미리스는 그 광경을 지켜보며 벅차오르는 감정을 숨기지 못했다.

전설이 된 할아버지, 그리고 또 다른 전설을 만든 아버지.

그들이 여기서 선조들의 염원이었던 야족과의 전쟁을 끝냈다. 어찌 눈물이 나오지 않을 수 있을까.

그리고 잠시 후, 드디어 예정된 시간이 다가왔다.

서서히 열리는 공간.

따스한 바람이 불어오며 열리는 차원의 틈. 그곳으로 삼대는 망설임없이 뛰어들었다.

번쩍하는 빛과 함께… 주변이 밝아지고…….

환한 빛무리 속에서 푸른 하늘과 눈부신 태양, 그리고 그 아래 도열하고 있는 많은 사람들을 보았다.

헤어질 때와 거의 변하지 않은 모습으로… 모든 사람들이 눈물을 흘리며 두 팔 벌려 마중 나와 있었다.

그들의 뒤로는 성대하게 준비된 축제장이 펼쳐져 있었다.

사람들이 달려왔다. 카이스는 그들을 부둥켜안으며 재회를 기뻐했다.

"나는 하루 만에 만난 기분인데, 이 경우엔 오랜만이라고 해야 하나?"

"…그거면 충분해요."

"다녀왔어."

어느새 겨울은 완연히 지나 봄바람이 따스하게 스쳐 지나갔다.

20년을 기다린 축제가 다시 개막되었다.

『일진광풍』완결

천마검셥전

임준후 新무협 판타지 소설

一天魔劍葉傳

철혈무정로 1부

인세에 지옥이 구현되고 마의 군주가 현신하면
그 누구도 그를 막지 못하리라!
이는 태초 이전에 맺어진 혼돈의 맹약, 육신에 머문 자나
육신을 벗은 자나 누구도 피할 수 없는 구속의 약속일지니……

주검과 피, 그리고 살기가 강물처럼 흐르는 전장에서
본연의 힘을 되찾게 되는 신마기!
신마기의 주인은 전장을 거칠 때마다 마기와 마성이 점점 더 강해져
종국에는 그 자체로 마(魔)가 된다……

제어되지 않는 신마기…
이는 곧 혼돈의 저주, 겁화의 재앙이다!

유형이 아닌 자유추구 -
WWW.chungeoram.com
Book Publishing CHUNGEORAM

長虹貫日
장홍관일
월인 新무협 판타지 소설

세상은 언제나 정의가 승리하고,
그래서 사필귀정(事必歸正)이라고?

개소리!

세상은 나쁜 놈들이 지배하지.
그러나 그놈들은 아주 교활해서 절대로 나쁜 놈처럼 안 보이지.
현재 무림을 지배하고 있는 백도의 어떤 인간들처럼……